Für meinen Mann

Beryl Bolduan

Dieses Lächeln ...

Erzählungen

Bolduan, Beryl
Dieses Lächeln ...
Erzählungen
Vechta: Geest-Verlag, Vechta-Langförden 2012

© 2012 Geest, Vechta
Verlag: Geest-Verlag
Lange Straße 41 a
49377 Vechta-Langförden

Druck: Geest-Verlag
Alle Rechte vorbehalten

ISBN 978-3-86685-382-9

Printed in Germany

Inhalt

Das Haus	9
Marie	15
Viggo im Kloster	19
Die Entscheidung	25
Sommerfrische	31
Nachtschwärmer	43
Bei Beate Uhse	47
Bella	51
Herr Gott	55
Naomi	59
Der Zug	65
Das Tagebuch	69
Die unglückliche Dame	85
Weihnachten	91
Sprich oder schweig für immer	95
Der Nachhauseweg	101
Dienstag	105
Bauchgefühl	109
Helen	111
Arnold	117
Muckibude	123
Hendrik	127
Eros-Teller	131

A smile is a curve that sets everything straight.

Phyllis Diller

(Ein Lächeln ist eine Kurve, die alles geradebiegt.)

Das Haus

Ava machte einen letzten Gang durch das Haus; sie wollte alte Erinnerungen und die glücklichen Jahre ihrer Kindheit Revue passieren lassen. Die junge Frau versuchte, sich von oben nach unten durch das Haus zu erleben. Auf dem Speicher erinnerte sie sich vor allem an die verschiedenen Tiere, die sich im Laufe der Jahre von Zeit zu Zeit eingenistet oder es zumindest versucht hatten.
Der Marder, der in einem Frühjahr hier oben hauste, machte ihr damals etwas Angst. Die nächtlichen Geräusche waren unheimlich, und nachdem Ava gesehen hatte, wie er auf dem Dachboden gewütet hatte, stellte sie sich vor, wie er durch ein Schlupfloch zu ihr ins Zimmer kriecht und auf ihr Bett hüpft. Regelrechte Albträume hatte sie, bis ihre Mutter dort oben ein Radio aufstellte, das unentwegt dudelte. Beim Einschlafen hörte sie ganz leise die Musik, was sie beruhigte, da es hieß, der Marder würde dadurch das Weite suchen. Als das Dach wieder abgedichtet war und der Besucher nicht mehr eindringen konnte, fand Ava allmählich wieder Ruhe.
Die Mäuse, die sich von Zeit zu Zeit durch das Gebälk arbeiteten, kamen nach dem Abdichten recht schnell wieder, aber an diese Geräusche war sie gewöhnt. Sie verkroch sich manchmal gerne auf dem Dachboden, setzte sich auf die alte Truhe und schmökerte in einem Buch. Hier schien Ava für eine Weile in eine andere

Welt entfliehen zu können. Später suchte sie für Verstecke beim Spielen mit ihrem Bruder den Boden noch gelegentlich auf.

Bei dem Gedanken an ihren Bruder verabschiedete sie sich lieber vom Dachboden ... Die Erinnerungsreise zog die junge Frau nun in das Zimmer ihrer Mutter. Das notwendige Ausräumen hatte ihr am meisten wehgetan. Seit ihrem Tod hatte sie es nicht übers Herz gebracht, irgendeine Veränderung im Raum vorzunehmen. Auch jetzt schossen ihr beim Betreten die Tränen wieder in die Augen. Sie entfernte sich schnell aus diesem Zimmer, in dem sie ihre Mutter so häufig aufgesucht hatte, als diese am Schreibtisch arbeitete und eigentlich nicht gestört werden wollte, sich dennoch immer stören ließ.

Ava versuchte es als Nächstes mit dem Gästezimmer – das sollte nicht so schwer werden, da sie es selten benutzt hatte. Sie setzte sich auf die Dielen unter das Fenster und überlegte, wer in diesem Zimmer seit ihrer Geburt geschlafen hatte. Dann fiel ihr ein, dass dies das ehemalige Arbeitszimmer ihres Vaters gewesen war, bevor er starb. Aber sie erinnerte sich kaum an ihn, denn bei seinem Tod war sie noch sehr klein gewesen. Gedankenverloren fuhr sie mit der Hand über die Dielen – also, Tante Jenny, ihre Großeltern natürlich, Freunde ihrer Mutter von früher, dieses merkwürdige Austauschmädchen ... Sie fingerte an einer Erhebung hinter der letzten Diele herum. Ach ja, eine Weile Julia, nachdem sie sich von ihrem Mann getrennt hatte. ‚Was ist das? Das fühlt sich merkwürdig an, da steckt doch etwas.' Sie wurde neugierig, legte sich auf den Bauch und tastete unter das Dielenbrett, bis sie etwas Spitzes fühlte. Langsam kam es zum Vorschein und sie konnte es herausziehen. Ein Stift. ‚*Der* Stift. Oh je, *der* Stift.' Die Tränen stiegen ihr wieder in die Augen und nun war kein Halten mehr. Sie weinte und schluchzte, bis sie keine Kraft mehr hatte. Ava erinnerte sich genau an den Stift, denn es war der Lieblingsstift ihrer Mutter gewesen. Es war ein besonders hübscher Kugelschreiber, der ein hellrotes, sehr schlankes Metallgehäuse hatte. Am oberen Ende war das Zeichen für Yin, am unteren das Zeichen für Yang eingraviert. Ihre Mutter hatte den Stift einst von Avas Onkel Henrik, dem Bruder ihrer Mutter, zum Geburtstag geschenkt bekommen.

Das beliebteste Spiel zwischen Ava und ihrem Bruder war das Verstecken von Gegenständen. Der andere bekam den zu suchenden Gegenstand und drei Räume genannt, in denen der Gegenstand sein konnte, und er hatte eine Woche Zeit, ihn zu finden. Sie verbuchten die Erfolge als Punkte und derjenige, der nach zwei Monaten vorne lag, durfte sich vom anderen den Inhalt eines Überraschungseies aussuchen. Der Ehrgeiz bestand darin, seinen ehemaligen Besitz zurückzuerobern. Ava hatte extra eine Mulde ausgekratzt, um den Stift dort hineinzudrücken. Ihre Mutter war sehr verärgert darüber, dass der Stift abhandengekommen war, und ihr Bruder kam nicht mehr dazu, seine Woche des Suchens auszuschöpfen, da er vorher von einem Betrunkenen überfahren worden war. Das war nun etwas über zehn Jahre her, aber Ava vermisste ihren Bruder immer noch. Aufgrund der Tatsache, dass er der Ältere gewesen war, hatte sie sich immer an seinen Meinungen und schulischen Leistungen orientiert.

Das Einzige, was ihr also von dem Haus bleiben sollte, war der Stift – und gleich musste sie den Vertrag zum Hausverkauf unterschreiben – welch eine Ironie. Sollte sie den Stift vielleicht als Zeichen sehen, dass ihre Entscheidung richtig war, das Haus zu veräußern? Ach, so ein dummer Gedanke, viel zu grausam, um ihn ernst zu nehmen. Andererseits wusste die junge Frau, dass sie den Verkauf tatsächlich als Neuanfang sehen konnte.

Innerlich sträubte sie sich dagegen, dennoch war ihr bewusst, dass es gesünder war. Die letzte Zeit mit ihrer kranken Mutter war erschöpfend und kraftraubend gewesen. Nun wäre es an der Zeit, die eigene Seele zu pflegen, wenn sie nicht dem Verlangen nachgeben wollte, in ein Loch zu fallen. Es war zu verlockend. Dort war es, ganz dunkel und groß. Es wartete nur darauf, dass Ava sich hineinstürzen würde. Mit aller Macht zog es sie in das Loch. Nichts tun, den düsteren Gedanken nachhängen, ihr Schicksal verfluchen, sich lethargisch von Tag zu Tag schleppen, bis sie vielleicht jemand rettete.

Sie wusste natürlich zu genau, dass der Retter nur sie selber sein konnte. Dennoch, ein wenig in das Loch fallen, nur für kurze Zeit wenigstens – der Drang war so stark. Schluchzend betrachtete Ava den Stift in ihrer Hand und dachte an ihren Bruder, der keine Entscheidungen mehr treffen musste und konnte. Sie erhob

sich und ging langsam hinunter in die Küche. Ihre emotionale Erlebnisreise konnte sie nicht weiter fortführen. Sie setzte sich an den Küchentisch, den sie im Haus lassen wollte, und wartete.
Die neuen Käufer kamen kurze Zeit später gut aufgelegt und aufgeregt. Als Ava den Vertrag unterzeichnen musste, setzte sie rasch ihre Unterschrift mit dem alten Stift darunter, stand auf und verabschiedete sich.
„Oh, vergessen Sie nicht Ihren Stift."
„Oh nein, den brauche ich nicht mehr, der gehört zum Haus."

Marie

Marie erinnerte sich daran, wie sie das erste Mal aus dem Fenster ihrer Zelle geschaut hatte. Sie war erschrocken, denn von hier aus überblickte man zwar den Garten, der sich zwischen den Kirchenmauern und dem Kloster befand, aber hier lag auch der kleine Friedhof mit den 29 Gräbern verstorbener Nonnen. Damals war sie nicht sehr glücklich gewesen, jeden Tag den Friedhof erblicken zu müssen, denn sie war zu jung, um ständig an den Tod erinnert zu werden, fand sie bei ihrem Einzug. An den Ausblick hatte sie sich nie richtig gewöhnen können. Seitdem gab es keinen Todesfall mehr; und es war nur noch Platz für ein Grab. Sie wusste, bald würde das 30. Kreuz aufgestellt. Sie konnte nichts dagegen tun. Keiner konnte mehr etwas dagegen tun.
Marie lag in ihrer Zelle auf dem Bett, fror und schwitzte gleichzeitig. Sie zitterte am ganzen Leib und zog die Decken eng um sich, dann warf sie wieder alle von sich. Von Zeit zu Zeit kam Schwester Agathe vorbei und tupfte ihr sanft mit einem feuchten Lappen den Schweiß vom Gesicht. Ihre Ausdünstungen waren beißend und ansteckend, deswegen durfte sie nur mit Mundschutz besucht werden. Schwester Agathe öffnete das Fenster weit, zudem verströmte sie Weihrauch gegen den Gestank. Die eisige Luft ließ Marie sofort frösteln, und die Schneeflocken, die hereinweh-

ten, verrieten ihr, dass sie wahrscheinlich noch immer eingeschneit waren.

Sie wusste, ihr Grab konnte nicht sofort geschaufelt werden, weil der Boden gefroren war. Bei der Vorstellung, dass sie erst eine Weile im Gewölbe aufbewahrt werden musste, graute ihr. Der Gedanke, dass ihr Körper an der Luft verwesen und sie noch ätzender riechen würde, war ihr zuwider. Manchmal nahm Marie ihren eigenen Geruch wahr und ihr wurde speiübel. Wie schlimm musste es erst für Schwester Agathe sein?

Marie wälzte sich in ihrem Bett und fieberte zwischen Wirklichkeit und Traum hin und her. Ein Bild kam immer wieder auf: Sie saß mit ihrer Familie am Tisch und aß die Erdbeerspeise ihrer Mutter. Das ganze Haus roch nach Erdbeeren. Sie bekam von der Leckerei niemals genug und stopfte sich damit so voll, dass sie das Gefühl hatte, bersten zu müssen. Der fruchtige, süße Geschmack der Erdbeeren, gemischt mit der cremigen Milch ihrer Kuh Martha, war für sie der Inbegriff des Glücks. Das letzte Mal, dass Marie in den Genuss dieser Süßspeise gekommen war, war vor fünf Jahren, vor dem Eintritt in das Kloster gewesen.

Nun hatte sie sich bereits damit abgefunden, jung zu sterben, auch wenn sie das Gefühl nicht abschütteln konnte, dass es eine Lehre oder Strafe dafür war, dass sie sich nicht mit dem Tod beschäftigen wollte und so ungern am Friedhof lebte.

Marie wünschte sich so sehr, ein letztes Mal die Erdbeerspeise ihrer Mutter zu essen, aber natürlich war das im Winter unmöglich.

Marie wusste nicht, dass es schon so schlimm um sie stand, dass die Nonnen befürchteten, dass sie die nächste Nacht nicht überstehen würde. Alle Rituale waren schon vollzogen. Marie hatte sie gar nicht wahrgenommen, weil sich ihre Gedanken nur noch um die Erdbeerspeise ihrer Mutter drehten. Marie brachte keine vollständigen Sätze mehr heraus, aber Agathe wusste ihr Stammeln über Erdbeercreme, Milch und Mutter zu deuten, da sie Marie in wacherem Zustand aufmerksam zugehört hatte. Sie hätte ihr gerne geholfen, aber woher im Winter solch eine Erdbeerspeise nehmen?

Am Abend ging Agathe zu Marie und sagte: „Marie, ich habe dir etwas mitgebracht. Heute gibt es keine Brühe zum Abendbrot, sondern die Erdbeerspeise deiner Mutter."
Marie schaute Agathe aus glasigen Augen an und ein leichtes Zucken umspielte ihre Mundwinkel. Agathe half Marie, eine bequemere Essposition einzunehmen, und fütterte sie behutsam aus einer großen Schüssel. Marie aß einen Löffel nach dem anderen. Als Agathe eine Pause für sie einlegen wollte, hauchte Marie: „Mehr."
Am Ende drückte Marie Agathes Hand und sagte: „Danke."

Agathe verließ mit einem wohligen Seufzer und den letzten Spuren des Gemischs aus Milch, Dickmilch und Erbeermarmelade in der Schüssel den Raum.

In dieser Nacht schlief Marie ruhiger und das Fieber sank. Sie träumte von ihrer Mutter, die sie liebevoll in den Arm nahm, von dem Vater, der ihr zärtlich die Wange tätschelte, von ihren Schwestern, mit denen sie das Bett teilte und kicherte und klatschte. Sie träumte von ihrem Bruder, der ihr die Namen der Pflanzen und Kräuter beibrachte; von ihrer Kuh Martha, den Wiesen und Feldern. Sie träumte, wie sie gemeinsam mit ihrer Familie am Küchentisch in ausgelassener Stimmung die Erdbeerspeise genoss. Als besonderer Gast war Agathe anwesend, die lächelnd eine Portion nach der anderen aß.

Als Agathe am nächsten Morgen ins Zimmer trat, erblickte sie dieses Lächeln auf Maries leblosem Gesicht.

Viggo im Kloster

„Mama, Mama, Viggo ist heute im Kloster. Du musst mich unbedingt mitnehmen", rief Luisa, als sie morgens in die Küche stürmte. „Ich hab's gestern Abend noch gegoogelt. Sie drehen heute seinen neuen Film im Kloster."
„Welcher Viggo?", fragte ihre Mutter schmunzelnd beim Broteschmieren. Sie wusste genau, welcher Viggo, aber sie zog ihre Tochter gerne ein wenig auf.
„Na, Viggo Mortensen."
„Ach so, du meinst *deinen* Viggo."
„Er ist nicht *mein* Viggo", protestierte Luisa und zog eine Grimasse.
„Aber dein Zimmer ist doch mit ihm tapeziert."
„Ach Mama, du verstehst das nicht. Jedenfalls musst du mich heute unbedingt mitnehmen."
„Du hast Schule. Du kannst doch nicht einfach schwänzen, nur weil irgendwo im Kloster Viggoschätzchen rumläuft."
„Mama, wenn du schon im Klosterladen arbeitest, kannst du mich doch wohl mitnehmen. Bitte, bitte, bitte, ich will ein Autogramm oder ein Foto oder wenigstens ihn sehen oder ..."
„Womöglich anfassen", unterbrach ihre Mutter.
„Oh Mama, manchmal bist du echt peinlich. Bitte, nimm mich mit, bitte. Das ist die Chance meines Lebens."

„Ach du armes Kind, wenn das die Chance deines Lebens ist. Du meinst: Einmal Viggo sehen und sterben", lachte die Mutter.

„Hä? Heißt das ‚ja'?", wollte Luisa endlich wissen und blickte sie mit großen, erwartungsvollen Augen an.

„Na gut, sonst kann ich mir die ganze Zeit dein Gejammer anhören, was für eine Rabenmutter ich bin."

Luisa fiel ihrer Mutter um den Hals und jubelte. „Du musst mich nur noch in der Schule entschuldigen."

„Oh Gott, jetzt soll ich auch noch lügen. Was tut man nicht alles für seine Kinder!", rief ihre Mutter aus und warf theatralisch die Arme in die Höhe.

Eine halbe Stunde später trafen sie am Kloster Inzigkofen ein, wo die Dreharbeiten schon im vollen Gange waren. Am Eingang standen Wohnwagen zum Übernachten; ein Wagen mit Kostümen und einer für die Verpflegung waren ebenfalls bereitgestellt. Luisa rannte aufgeregt mit ihrem Fotoapparat durch die Gegend. Sie stieß an mehreren Stellen auf Wachposten, die sie nicht durchlassen wollten. Sie lungerte zwar noch eine Weile in der Gegend herum, aber Viggo war nirgendwo zu entdecken.

Mit hängendem Kopf suchte sie ihre Mutter im Klosterladen auf und klagte ihr Leid.

„Schatz, was soll ich machen, die lassen eben keinen durch. Uns auch nicht", meinte Luisas Mutter.

„Aha, du hast es also auch probiert!", rief Luisa aus.

„Na ja, man kann ja mal neugierig sein", entgegnete die Mutter grinsend.

Luisa lachte. „Ertappt! Du willst ihn also auch sehen."
„Ach, was heißt ‚sehen wollen'? Alles nur für dich, mein Schatz. Wenn er mir zufällig über den Weg liefe, könnte ich ihn für dich um ein Autogramm bitten."
„Mama, komm wir gehen ihn zusammen suchen."
„Das bringt doch nichts. Da müssten wir ihm schon auf der Toilette auflauern oder bei der Garderobe oder beim Interview im Klostergarten."
„Interview ...? Wann?"
„Da wird gerade alles aufgebaut. In den Klostergarten kommen wir von der anderen Seite sogar rein."
„Mama, bitte, komm mit. Alleine ist das voll peinlich, wenn andere da um ihn rumstehen."
„Aber ich muss doch arbeiten ... und ich finde das auch peinlich."
„Oh, Mama."
„Nein, Süße, das geht nicht."
Mit wässrigen Augen und hängenden Mundwinkeln stand Luisa vor ihr.
„Na gut, ich komme mit."
„Juchhu!", rief Luisa aus und hüpfte auf und ab.

Die beiden schlichen von der nicht abgesperrten Seite in den Klostergarten und beobachteten, wie die Kamera und der Scheinwerfer für das Interview aufgebaut wurden. Nach einer Weile erschien er nun, Viggo Mortensen, den Luisa so sexy und aufregend fand.
Sie erkannte ihn erst gar nicht, da er zu ihrem Entsetzen viel kleiner war, als er im Film wirkte. Außerdem sah er älter aus und saß zusammengekauert auf sei-

nem Stuhl. Luisa bekam einen gehörigen Schreck und meinte halblaut: „Oh Gott, was ist denn mit dem passiert? Der sieht doch eigentlich viel besser aus."
„Noch besser?", fragte die Mutter.
Luisa zog die Augenbrauen hoch. „Gefällt er dir etwa?"
„Also, ich finde er sieht ganz passabel aus", sagte die Mutter, legte dabei ihren Kopf schief und drehte an einer Locke.

Mutter und Tochter verfolgten das Geschehen, Luisa schoss lustlos ein Foto. Mit einem Mal nahm die Mutter ihr den Apparat aus der Hand und knipste munter drauflos, bis sie von einer Aufsicht fortgejagt wurden. Durch diese Störung musste das Interview kurz unterbrochen werden. Viggo schaute auf und sah die beiden davonziehen. Die Mutter blickte sich noch einmal um und lächelte ihm zu. Viggo lächelte zurück.

„Ich glaube, ich brauche kein Autogramm mehr von ihm", sagte Luisa auf dem Rückweg zum Kloster.
„Ach, Schatz, sei nicht so enttäuscht. Du hast ihn immerhin gesehen. Damit kannst du jetzt wenigstens angeben."
„Ja, ja", murmelte Luisa vor sich hin, zog eine Flappe und trottete nach Hause.

Als Viggo später in den Klosterladen kam, um eine Postkarte zu kaufen, lief Luisas Mutter rot an und begann erneut, an einer Locke zu spielen. Viggo erkannte sie ebenfalls und sprach sie auf Englisch an: „Ich glau-

be, ich habe Sie vorhin im Klostergarten während meines Interviews gesehen."
Die Mutter warf den Kopf in den Nacken und lachte übertrieben schrill. In fließendem Englisch antwortete sie: „Ja, das stimmt. Meine Tochter ist ein großer Fan von Ihnen und hat auf ein Autogramm gehofft."
„Oh, ich verstehe. Das ist kein Problem ..."
Die Mutter unterbrach ihn: „Ich habe vorhin ein paar Fotos von Ihnen geschossen und schon eins ausgedruckt. Vielleicht ..."
Viggo versuchte sein Grinsen zu verstecken, die Mutter begann zu schwitzen und verzog den Mund zu einem krampfhaften Lächeln.
„Sicher, kein Problem." Er nahm das Foto, gab sein Autogramm, plauderte noch ein wenig über das schöne Kloster, die Arbeit der Mutter und verpackte geschickt ein Kompliment über ihr gutes Aussehen.

Als er gegangen war, ließ sie sich auf ihren Stuhl fallen, atmete tief durch, wischte sich die kleinen Schweißperlen von der Stirn und musste schließlich kichern.
‚Wie albern. Peinlich. Du bist echt peinlich', dachte sie.
Als sie nach der Arbeit Luisa beiläufig von ihrer Begegnung erzählte und ihr das unterschriebene Foto zeigte, meinte Luisa: „Ich glaube, Viggo hat wohl einen neuen Fan, was?"
Die Mutter schmunzelte und ihr stieg eine leichte Röte ins Gesicht.

Die Entscheidung

Sie nahm das Foto von der Kommode und betrachtete es, so wie sie es in letzter Zeit unzählige Male getan hatte. Sie hatte sich entschieden. Es war nicht so, dass sie hätte sagen können, dass sie ihn nicht mehr liebte; eine gewisse Form der Liebe war es sicherlich noch. Aber die wollte sie nicht mehr. Sie wusste, dass sie zwar eine Zeit lang die Gewohnheit ihres gemeinsamen Lebens geliebt hatte – man könnte diese ebenso gut Bequemlichkeit nennen –, aber damit war jetzt Schluss. Heimlich hatte sie in den letzten Wochen die Wohnungsanzeigen studiert und sich einige Objekte angeguckt. Eine sehr hübsche Zweizimmerwohnung hatte sie gemietet und würde in wenigen Tagen dort einziehen. Es sollte in der Umgebung sein, aber nicht zu nahe dran. Sie hatte keine Lust auf den Klatsch und Tratsch. Sie brauchte einen neuen Bäcker, einen neuen Friseur, eine neue Apotheke. Oder was sollte sie auf all die Fragen antworten?
Sie sind doch seit 30 Jahren verheiratet. Ja. Ihr Haus ist doch abbezahlt. Ja. Ihr Mann verdient doch gut. Ja. Sie gehen doch nicht arbeiten. Ja. Die Kinder sind doch aus dem Haus. Ja. Aber was wollen Sie denn?
Ich will nur für mich verantwortlich sein. Ich will meinen eigenen Rhythmus, meine eigene Wohnung, nur an mich denken müssen. Ich will mich.
Sie stellte das Foto zurück und ging in die Küche. Heute Abend würde sie ihm ihre Entscheidung mitteilen.

Sie hatte beschlossen, ein besonders üppiges Abendessen vorzubereiten – ganz saftige Steaks, leicht blutig, mit feinen Bohnen und Röstkartoffeln. Sie konnte wohl kaum mit einer Wurststulle ihre Ehe beenden. Beim Zubereiten kam ihr plötzlich der Gedanke an eine Henkersmahlzeit. Schließlich sollte es ihr letztes gemeinsames Abendessen werden. Ein leichtes Lächeln huschte über ihr Gesicht; schnell naschte sie zwei Bohnen und wischte sich über den Mund.
Als sie den Tisch deckte, summte sie leicht vor sich hin, stellte den schönen Kerzenleuchter auf, faltete die Servietten geschickt und wählte das gute Geschirr. Als sie den Tisch betrachtete, legte sich ihre Stirn in Falten, woraufhin sie das gute Geschirr gegen das alltägliche tauschte, die Servietten schlicht auf die Teller legte und den Kerzenleuchter wieder auf die Kommode zurückstellte. Dann nahm sie ein Buch zur Hand, setzte sich in ihren Sessel und wartete.

Pünktlich wie immer kam er nach Hause, sie stellte das Essen auf den Tisch. Er wirkte gelassen und entspannt. „Oh, Steaks. Lecker", rief er aus und fing genüsslich an zu essen. Sie war etwas irritiert von seiner Beschwingtheit und legte die Stirn in Falten.
„Ich muss dir übrigens etwas Schreckliches mitteilen", sagte er während des Essens. „Ich habe heute einen Anruf von Eduard bekommen, sozusagen als Freund, nicht als Arzt. Er wollte zuerst mit mir sprechen. Er dachte, es wäre besser, wenn ich es dir sagte. Er hat

die Ergebnisse deiner letzten Routineuntersuchung erhalten. Du hast Krebs."
Entsetzt schrie sie auf.
„Nächste Woche musst du ins Krankenhaus. Operation. Bestrahlung. Das ganze Programm", fuhr er fort.
Mit offenem Mund und aufgerissenen Augen starrte sie ihn an. „Und das sagst du mir einfach so, so sachlich?", fragte sie ihn nach einigen Minuten.
„Ach so", warf er ein, „deinen Umzug schaffen wir vorher noch. Keine Sorge, dabei helfe ich dir."

Ende 2

(...) Pünktlich wie immer kam er nach Hause, sie stellte das Essen auf den Tisch. Er hatte dunkle Ringe unter den Augen und wirkte erschöpft und verwirrt.
„Oh, Steaks. Lecker, die können wir jetzt gebrauchen", sagte er leise und setzte sich an den Tisch.
Sie legte die Stirn wieder in Falten und schaute ihn irritiert an.
„Ich habe heute einen Anruf von Eduard bekommen, sozusagen als Freund, nicht als Arzt. Er wollte zuerst mit mir sprechen. Er dachte es wäre besser, wenn ich es dir sagte. Er ..., also ..., er hat die Ergebnisse deiner letzten Routineuntersuchung erhalten", teilte er ihr mit.
Ein Zucken huschte über ihr Gesicht und ihr Herz fing an, schneller zu schlagen.

„Die Ergebnisse sind ..., also er sagt, du hättest Krebs", hauchte er.
„Oh, Gott!", schrie sie auf, „das ist ja grausam. Warum ich, warum jetzt, warum?"
In ihrem Kopf geriet alles durcheinander – ihr Mann, ihre Kinder, ihre Wohnung, ihre Zukunft, seine Zukunft, ihr Mietvertrag. Sie fing an zu weinen.
Er erhob sich, ging zu ihr hinüber und zog sie vom Stuhl hoch, nahm sie in seine Arme und sagte: „Wir schaffen das schon, wir schaffen das schon."

Ende 3

(...) Pünktlich wie immer kam er nach Hause, sie stellte das Essen auf den Tisch. Er hatte Ringe unter den Augen und wirkte erschöpft und verwirrt.
„Oh, Steaks. Lecker, die kann ich jetzt gebrauchen", sagte er leise und setzte sich an den Tisch.
Sie legte die Stirn in Falten und schaute ihn irritiert an.
„Ich habe heute einen Anruf von Dr. Walz bekommen. Er hat die Ergebnisse der letzten Routineuntersuchung erhalten. Ich ... ich ... also ... ich habe Krebs", teilte er ihr mit.
Entsetzt schrie sie auf.
„Nächste Woche werde ich operiert, dann Therapie, Bestrahlung ..." Seine Stimme brach ab.
„Aber ich, ich meine, das ist ja schrecklich", sagte sie.
„Warum ich, warum jetzt, warum, warum?", hauchte er.

In ihrem Kopf geriet alles durcheinander – die Kinder, ihre Wohnung, ihr Mann, ihre Zukunft, seine Zukunft, der Mietvertrag, ihr geplanter Urlaub.
Sie atmete tief durch, erhob sich, ging zu ihm hinüber und legte ihm die Hand auf die Schulter. „Ich, … ich … also wir …, wir schaffen das schon. Wir schaffen das schon."

Sommerfrische

„Henry, ich denke, es ist wieder Zeit, aufs Land zu fahren. Ein wenig Sommerfrische wird uns guttun. Die Stadt wird mir zu staubig und stickig. Das ist nicht gut für meine Gesundheit", verkündete Samantha Wollingham beim Abendessen.
Henry schaute nur kurz von seiner Suppe auf und gab ein grunzendes Geräusch von sich. Man hätte dies als Ablehnung auffassen können, aber alle wussten, dass ihm nichts anderes übrig blieb, als dem Vorschlag seiner Frau zu folgen und auf den Landsitz der Familie zu fahren.
Elisas Herz hingegen machte einen kleinen Hüpfer bei der Ankündigung ihrer Mutter, denn sie wusste, nun würde sie Cecil häufiger zu Gesicht bekommen. In letzter Zeit war er ihr öfter entwischt, aber sie war fest entschlossen, ihre Unschuld zu verlieren. Dann musste er sie schließlich heiraten!
Cecil war schon vorletzte Woche abgereist; er bevorzugte das Landleben. Wenn er seinen Verpflichtungen in London nachgekommen war, reiste er gerne vor seinen Eltern ab. Während der Saison boten die gesellschaftlichen Anlässe Elisa zwar viele Gelegenheiten, Cecil zu sehen, aber die Etikette und ihre Eltern standen ihr im Weg. Auf dem Lande war alles einfacher. Lange Spaziergänge und Ausritte würden Cecil in ihre Arme treiben. Elisa kannte ihre Reize und hatte viele Verehrer, aber sie hatte sich in den Kopf gesetzt, aus-

gerechnet Cecil zu erobern. Mit seinem Erbe und seinem unverschämt guten Aussehen war er eine der besten Partien weit und breit. Sie war nicht die Einzige, mit der er geflirtet hatte, das wusste sie, aber sie würde schon dafür sorgen, dass er sich für sie entscheidet.

Ein paar Tage später saß die Familie Wollingham in der Kutsche auf dem Weg nach Middleton. Die beschwerliche Fahrt nahm Elisa nicht wahr; sie träumte von Cecils Küssen und Liebesbekundungen. Samantha döste lächelnd vor sich hin, ihren eigenen Plänen für die kommenden Wochen nachsinnend. Henry vertiefte sich in seine Zeitung.

Am nächsten Morgen ließ Elisa ihr Pferd satteln und ritt in Richtung des Landsitzes von Cecils Eltern. Sie hoffte, ihn an einem seiner Lieblingsplätze anzutreffen. Ihr wurde ganz heiß bei dem Gedanken, er könnte sie dabei überraschen, wie sie sich am Fluss ein wenig Erfrischung verschaffte und ihre Füße ins Wasser hielt. Sie würde etwas mehr als nötig ihr Kleid lupfen … Heute allerdings hatte Elisa kein Glück – von Cecil gab es keine Spur.

Am nächsten Tag jedoch erblickte sie am Fluss sein Pferd und ritt frohlockend näher. Cecil lag lesend im Gras, hatte sein Hemd aufgeknüpft, die Ärmel hochgekrempelt, seine Schuhe und Socken ausgezogen und sah hinreißend männlich aus. Als er Elisa sah, blickte er auf, lächelte, legte gemächlich sein Buch zur Seite und erhob sich. Sie stieg mit geröteten Wangen ab.

„Miss Wollingham, mussten Sie Ihren Eltern auf das

Land folgen, Sie Arme, hinfort vom beschwingten London und den Abwechslungen?"

„Lieber Sir Brighting, ich liebe das Landleben. Jeden Tag ausreiten und die Natur genießen, gefällt mir sehr."

„Aber fällt es Ihnen nicht schwer, die Verehrer in London zurückzulassen, die sich so große Hoffnungen auf Ihre Hand machen?", fragte er schmunzelnd.

„Vielleicht gibt es den einen oder anderen Verehrer auch auf dem Land. Meinen Sie nicht?", merkte Elisa mit einem zuckersüßen Lächeln an und klapperte dabei mit ihren langen Wimpern.

„Da bin ich mir ganz sicher. Die Welt liegt Ihnen stets zu Füßen", meinte Cecil und verbeugte sich leicht. Sie gingen ein paar Schritte am Ufer entlang und plauderten über das Wetter, die zurückliegende Saison in London und den letzten Klatsch und Tratsch. Elisa bemühte sich, an den richtigen Stellen kokett zu lachen oder einen Schmollmund aufzuwerfen.

Als Cecil ihr anbot, sich zu ihm an das Ufer zu setzen, breitete er seine Jacke für sie aus, und Elisa ließ sich elegant auf den Boden gleiten. Geschickt streckte sie ihm ihr Dekolleté entgegen und achtete darauf, nicht darauf zu achten, ihr Kleid, wie es sich geziemt hätte, über ihre Knöchel zu ziehen.

Cecil entging dies natürlich nicht, er war sich ihrer Reize bewusst und kannte seine Chancen. Zwar war er ihr in letzter Zeit nicht mehr ganz so zugetan gewesen – er war anderen Verlockungen erlegen –, aber was hatte er zu verlieren? Er konnte ebenso gut mit mehreren

Fäden spielen. Und das tat Cecil auch. Er rückte näher an Elisa heran und streifte wie zufällig ihren Arm, was eine warme Welle durch ihren Körper schickte. Sie flirteten noch eine Weile, bis er sich bei ihr entschuldigte, da er noch eine Verabredung hatte. Galant half er Elisa aufzusatteln und hielt ihre Hand einen Moment länger als nötig. Der Anfang wäre gemacht, dachte sie sich und ritt zufrieden nach Hause.

Als Elisa daheim das Wohnzimmer betrat, las ihr Vater Zeitung und schaute kaum auf. Am liebsten hätte Elisa ihrer Mutter gegenüber eine leichte Andeutung gemacht, dass Cecil sie am Morgen gut unterhalten hatte. So hätte sie ihrer Mutter die Hoffnung geben, dass Elisa bald unter die Haube käme, aber ihre Mutter tauchte erst Stunden später erhitzt von einem langen Ritt auf.

Am nächsten Morgen ritt Elisa wieder zu der Stelle am Fluss, zog Schuhe und Strümpfe aus und hoffte, ihre Verführungsstrategie weiterführen zu können. Cecil kam diesmal zu Fuß. Er beobachtete Elisa eine Weile aus den Bäumen heraus, bevor er sich ihr näherte, wollte sehen, wie weit er heute gehen dürfte. Dann ging er auf sie zu und begrüßte sie mit einem Lächeln. Sie drehte sich um und lachte ihn an. Elisa zeigte keine Spur von Scham, und da wusste Cecil, er würde ihr heute einen Kuss entlocken können. Frech entledigte er sich ebenfalls seiner Schuhe und Strümpfe und watete mit Elisa ein wenig am Ufer entlang. „Ich sollte

lieber Ihre Hand halten, sonst rutschen Sie aus, liebe Miss Wollingham."
Elisa war entzückt von seinem Angebot. „Oh, wenn Sie meinen, dass es sicherer ist. Vielen Dank, Mr. Brighting." Sie genoss seinen Händedruck, der fest und sanft zugleich war. Wie musste es erst sein, in seinen Armen zu liegen? Cecil machte ihr Komplimente, die sie zwar schon häufig gehört hatte, aber von denen sie nie genug bekommen konnte.
Er schlug vor, es sich am Ufer gemütlich zu machen und sein mitgebrachtes Picknick zu verzehren. Als sie unter einem Baum die Leckereien auf einer Decke ausgebreitet hatten, nahm Cecil eine Kirsche und fing an, Elisa zu füttern. Sie schloss die Augen und öffnete den Mund, aber die Kirsche blieb aus. Elisa schaute ihn an und sah, wie er die Kirsche gerade ableckte. Dann steckte er sie in ihren Mund. Sie saugte kurz an seinen Fingern. Er fütterte sie mit weiteren Delikatessen, bis sie es ihm gleichtat. Elisa begann ebenso mit einer Kirsche, an der sie leckte und ihm dann in den Mund steckte. Er saugte an ihren Fingern, dann küsste er ihre Hand, ihren Arm, ihr Dekolleté.
Elisa bekam eine Gänsehaut und ihr Herz raste. Sie wusste nicht, wie sie reagieren sollte. Das ging alles schneller als erwartet. Er schaute sie mit gierigen Augen an und tat für einen Moment nichts, so, als würde er auf ihre Zustimmung zum nächsten Schritt warten. Sie wehrte sich nicht, also küsste er sie. Erst sanft, dann immer forscher. Sie spürte seine Zunge in ihrem Mund; ihr wurde immer heißer und sie fühlte eine

Wärme zwischen ihren Beinen, die ihr bisher unbekannt gewesen war.
Er drückte sie an sich und sie konnte seine Erregung spüren. Nun wurde Elisa doch ein wenig bange zumute und sie beschloss, ihm Einhalt zu gebieten. „Mr Brighting, Sie gehen zu weit. Bitte geben Sie mir Luft."
„Cecil, nenn mich Cecil."
„Cecil, bitte!"
Er löste sich aus der Umarmung und schaute sie an.
„Elisa, verzeihen Sie, Sie haben recht, ich muss mich zusammenreißen."
„Cecil, geben Sie mir ein wenig Zeit. Das geht alles sehr schnell. In London haben wir uns in letzter Zeit nicht häufig gesehen."
„Das hatte andere Gründe. Ich hatte viel zu erledigen."
„Dann sehen wir uns morgen?", fragte Elisa hoffnungsvoll.
„Gerne. Ich erwarte Sie hier um die gleiche Zeit."
Er geleitete Elisa zu ihrem Pferd und gab ihr noch einen letzten Kuss, den sie bereitwillig erwiderte.
Elisa konnte den ganzen Tag an nichts anderes denken als an Cecils Liebkosungen. Sie wusste, sie hatte ihn gereizt und sollte etwas vorsichtiger sein, aber die Neugier war größer.

Die nächsten Treffen liefen ähnlich ab, bis Cecil sie überredete, mit zu ihm nach Hause zu reiten, um es sich gemütlicher zu machen. Cecil ritt mit Elisa zu dem Gartenhaus am See auf dem Anwesen seiner Eltern. Hier waren sie ungestört. Sie tranken Eistee, bis Cecil

ihr eine Hausführung anbot und sie am Ende in sein Zimmer führte.
Er nahm sie bei der Hand und zog sie zum Bett. Dann fing er an, sie zu entkleiden und dabei ihren Körper zu küssen. Elisa genoss es, aber war gleichzeitig sehr nervös. Sie wusste, dass Cecil ihr noch nicht einen Heiratsantrag gemacht hatte und sie unrecht tat, aber sie war überzeugt, der Antrag käme bald, sonst würde er nicht so weit gehen. Sie gab dem Drängen ihres Körpers nach und erwiderte leidenschaftlich seine Küsse. Er entkleidete sich zunächst teilweise selbst, dann half sie ihm. Schließlich hob er sie sanft auf das Bett. Elisa war von dem Anblick seiner Männlichkeit erschrocken und fasziniert. Er streichelte und liebkoste ihren ganzen Körper, dann spreizte er ihre Beine und drang in sie ein. Elisa stöhnte vor Schmerz auf. Er bewegte sich langsam in ihr, sodass sie sich an das Gefühl gewöhnen konnte. Als die Bewegungen ruckartiger wurden und er aufstöhnte, war sie irritiert, da sie nicht wusste, was geschah. Er rollte von ihr herunter und legte sich auf den Rücken. Sie wusste nicht, was sie machen sollte.
Irgendwie hatte sie sich die Prozedur anders vorgestellt. Sie wusste nicht recht, wie es hätte sein sollen, aber irgendwie anders. Sie schmiegte sich an ihn und streichelte seine Brust. Nach einer Weile erhob Cecil sich und meinte: „Elisa, du solltest jetzt gehen, sonst wundern sich deine Eltern, wo du bleibst."
„Sehen wir uns morgen wieder?", fragte Elisa.
„Morgen habe ich keine Zeit, aber übermorgen um die gleiche Zeit werde ich hier auf dich warten."

Er half ihr beim Anziehen, verabschiedete sie mit einem Handkuss und meinte lächelnd: „Es war mir ein Vergnügen."

Elisa ritt davon, nicht wissend, woran sie nun bei Cecil war. Sie hatte ihre Unschuld verloren, er wollte sie wiedersehen, aber von Heirat sprach er nicht. Dennoch, sie wollte keine unangenehmen Gedanken aufkommen lassen und sich stattdessen freuen.
Nachts warf sie sich von einer Seite zur anderen, da sie ständig an Cecil denken musste. Sie merkte, wie die Erfahrung vom Nachmittag ihren Gefühlen einen Schub gab und sie sich nach ihm sehnte. Den ganzen nächsten Tag war sie wie in Trance und sah überall sein Gesicht. Sie spürte, sie war verliebt.

In den nächsten Wochen trafen sie sich fast täglich im Gartenhaus und Cecil führte Elisa in die Kunst der Liebe ein. Er fand in ihr eine experimentierfreudige und leidenschaftliche Partnerin. Elisa gefiel sich in ihrer neuen Rolle und versuchte, seinen Ideen und Wünschen gerecht zu werden, da sie hoffte, ihm dadurch besonders zu gefallen. Die nagenden Gedanken an Liebe und Heirat versuchte sie wegzudrängen, bis Cecils Eltern anreisten und sie offiziell vorgestellt werden würde.
Doch eines Tages nahm Elisa sich ein Herz: „Wann wirst du offiziell um meine Hand anhalten, Cecil?", fragte sie ihn, als sie nach dem Liebesspiel noch in seinen Armen lag.
„Elisa, ich möchte noch nicht heiraten."

Elisa setzte sich auf. „Aber wir müssen doch heiraten, so kann es nicht mehr lange weitergehen."

„Aber Elisa, wir bereiten uns doch gegenseitig großes Vergnügen, und wenn wir wieder in London sind, dann hast du genügend Auswahl, dir einen passenden Ehemann zu suchen. Ich werde niemandem von unserem Abenteuer erzählen."

Tränen stiegen in ihr auf. „Aber ich dachte, du liebst mich, sonst hätte ich mich dir nicht hingegeben. Ich liebe dich, Cecil."

„Armes Kind", sagte er ihre Wange streichelnd.

Sie fegte seine Hand fort.

„Möchtest du lieber, dass wir uns nicht mehr treffen?", fragte er.

„Allerdings. Ich will dich nie wieder sehen", schrie Elisa, sprang aus dem Bett, warf ihre Kleider über und stürmte davon.

Cecil war ein wenig erstaunt über ihre Reaktion, denn von Liebe war nie die Rede gewesen. So leicht, wie Elisa sich hatte erobern lassen, ging er davon aus, dass ein amouröses Abenteuer das war, was in ihrer beider Sinne lag. Er hoffte, dass Elisa darüber hinwegkam, ohne jemandem von ihrem Zusammensein zu erzählen. Das könnte unangenehme Konsequenzen haben. Heiraten wollte er nun wirklich nicht.

Elisa war verzweifelt und ritt weinend nach Hause. Gut, dass ihr Vater nie etwas mitbekam und ihre Mutter bei einer Freundin zu Besuch war. Sie verkroch sich in ihr Zimmer und wusste nicht, wohin mit ihrem Hass auf Cecil. Sie hätte nicht gedacht, dass er sie nicht heiraten würde, und sie wusste, dass ihr guter Ruf zerstört wäre, würde er sich weigern. Sie wäre eine Schande für die ganze Familie. Niemand würde sie je heiraten. Sie musste nochmals mit Cecil sprechen und ihm die ganze Wahrheit sagen.

Am nächsten Tag ritt Elisa zu ihm. Sie trat wie gewohnt in das Haus ein und rief nach ihm. Als keine Antwort kam, ging sie zu seinem Zimmer. Sie hörte Stöhnen und ahnte sofort, was sich dahinter abspielte. Wütend und enttäuscht öffnete sie die Tür. Das, was sie sah, brachte ihre Welt gänzlich zum Einstürzen.

„Mutter!", rief sie aus.

Cecil und Samantha schauten entsetzt zur Tür.

„Elisa!", riefen beide wie aus einem Munde.

Cecil sprang auf. Ihre Mutter deckte sich rasch zu.

„Was geht hier vor? Kaum, dass du mich abgeschrieben hast, verführst du meine Mutter? Mutter, ich bin entsetzt. Was ist mit Vater? Wie kannst du nur!"

Cecil zog sich an und sagte nichts.

„Was heißt ‚abgeschrieben'? Elisa, was ist passiert?", fragte Samantha.

Elisa weinte, Cecil zog sich weiter an.

„Cecil, was hast du mit meiner Tochter getan?"

„Nichts, was sie nicht auch wollte."

„Oh, mein Gott, hast du meine Tochter verführt?"

„Ich würde sagen, Elisa war nicht unbeteiligt an der Situation."

„Elisa, wie konntest du dich nur auf ihn einlassen?"

„Du hast dich doch auch auf ihn eingelassen."
„Das ist doch etwas anderes."
„Ich erwarte ein Kind", sagte Elisa.
Cecil starrte sie erschrocken an.
„Oh mein Gott, dann gibt es keinen anderen Ausweg. Ihr müsst heiraten. So schnell wie möglich", rief Samantha.
„Du willst, dass ich ihn heirate? Nachdem du mit ihm …? Das kann ich nicht."
„Du musst, es gibt keine andere Lösung."
Cecil hörte, wie sein Schicksal beschlossen wurde, und sagte kein Wort. Er wusste, es hatte keinen Sinn, sich dagegen zu wehren.

Zwei Monate später standen Elisa und Cecil vor dem Altar. Die Gäste waren zwar erstaunt darüber, dass Cecil Brighting heiratete. Schließlich wusste man, dass er den weiblichen Reizen sehr zugetan war, aber vielleicht war es ja die große Liebe, auch wenn die Mienen der beiden nicht so recht dazupassten.
Elisa wusste, dass sich der wahre Grund noch nicht abzeichnete, aber es konnte nicht mehr lange dauern. In sechs Monaten konnten diejenigen, die genau nachrechneten, sich ihren Teil denken und hinter versteckter Hand mitteilen.
Auch die Brautmutter schien nicht sonderlich gerührt von der Zeremonie, obwohl Frauen in ihrem delikaten Zustand doch häufig am Wasser gebaut waren. Vielleicht hatte es ihr nicht so viel Spaß bereitet, den ehelichen Pflichten nachzukommen, wie ihrem Gemahl. Bei

Henry Wollingham musste man augenscheinlich davon ausgehen, dass ihm die letzten Monate Vergnügen bereitet hatten. Aufgeblüht und lächelnd präsentierte er sich und seine rundliche Frau der Gesellschaft. Ihm schien die Sommerfrische als Einzigem gutgetan zu haben.

Hoffentlich würde er in ein paar Monaten in London hinter seiner Zeitung nicht so genau nachrechnen.

Nachtschwärmer

Eingehüllt in schwarzen Mantel und Schal ging sie die Straße entlang, die Hände in den Taschen. Es war dunkel und feucht, Regentropfen fielen von den teils noch belaubten Bäumen. Ein leichter Nebel lag in der Luft, der ihr nach wenigen Metern die Beine hinaufkroch zusammen mit der Sehnsucht, die sie in diese Nacht trieb. Ihre Schritte hallten von den Häusern wider – ein untrügliches Zeichen für jeden, dass eine Frau allein unterwegs war.
Die meisten Leute in dieser Gegend saßen gemütlich vor dem Fernseher, lasen oder schliefen schon. Hinter erleuchteten Fenstern erhaschte sie Augenblicke der Stille, Freude oder Langeweile. Manchmal wäre sie gerne stehen geblieben, hätte beobachtet, sich dazugesellt. Sie erlaubte diesen Gedanken nicht, sich auszubreiten; sie spürte einen Druck in der Magengegend. Der grelle Lichtschein des U-Bahn-Waggons ließ ihre roten Lippen und schwarzen Augen besonders leuchten. Noch mied sie die Blicke der anderen Nachtschwärmer.
Bevor sie in den Club trat, atmete sie tief durch. Dumpfe Wärme schlug ihr entgegen, Rauch hing in der Luft. Sie zahlte, gab ihren Mantel an der Garderobe ab. Ihr enges rotes Oberteil betonte ihre schlanke Figur. Als sie sich zu den anderen an die Tanzfläche gesellte, erwiderte sie nur flüchtig die Blicke, die ihr als Neuankömmling geschenkt wurden. Langsam fuhr sie sich

durch ihre schwarzen Haare, die seidig über ihre Schultern fielen. Allmählich entspannte sie sich und verschmolz mit der Wärme, der Musik, den Leuten. Sie begann ihr Ritual.

Die meisten Frauen waren gemeinsam hier – das verschaffte ihr einen gewissen Vorteil. Andererseits fühlte sie sich schutzloser, was wiederum den Beschützerinstinkt in einigen Männern wachkitzelte. Sie holte sich ein Bier. Zurück an der Tanzfläche, begann sie zu sondieren: Zu dick, zu alt, zu klein, zu unattraktiv. Zwei, drei waren nach ihrem Geschmack.

Da war er wieder, der Druck in der Magengegend. Ein Sehnen zog sich durch ihren Körper und blieb im Herzen hängen. All die einsamen Menschen, unterwegs nach Leidenschaft und Liebe. Einige suchten nur die Leidenschaft, das hatte sie oft genug erlebt.

Die Phase des Beschnupperns, des sich Öffnens und Zurückhaltens, des Nachvornepreschens und Ausweichens, des Erkennens und Offenbarens hätte sie gerne übersprungen. Müde war sie von den Spielchen, dennoch konnte sie nicht davon lassen – der Drang, die Hoffnung und die Sehnsucht waren zu groß, die Frustration noch nicht.

Gemächlich nahm sie Augenkontakt auf. Der große Dunkelhaarige mit den warmen Augen schaute freundlich zurück. Er lächelte sanft. Sie trank ihr Bier aus, brachte das Glas zurück an die Theke. Er gesellte sich zu ihr. „Möchtest du vielleicht etwas tanzen?", fragte er ohne süffisantes Lächeln, ohne ihr auf die Pelle zu rücken.

„Gerne."
Sie bewegten sich zurückhaltend zur Musik, beäugten sich, folgten den Bewegungen des anderen, lächelten sich zu. Er machte keine Anstalten, sie anzufassen. Dann lud er sie zu einem Ginger Ale ein – sie wollte klaren Kopf bewahren. Bei der Lautstärke waren nur die Parameter zu klären: Arzt im praktischen Jahr, Innenarchitektin, alleinstehend, allein lebend, sympathisch, beide Berliner, Wessis.
„Hast du Lust, ins Café gegenüber zu gehen?", schlug er vor.
„Gute Idee."
Sie unterhielten sich bis spät in die Nacht, liefen gemeinsam zur U-Bahn.
„Wollen wir morgen Abend zusammen essen?", fragte er beim Abschied.
„Meinst du morgen oder heute?"
„Heute."
„Sehr gerne, Paul."
Auf dem Weg nach Hause wurde das Sehnen in ihrer Brust größer, die Vorfreude zauberte ein Lächeln auf ihr Gesicht, dennoch spürte sie im Bauch die Angst vor Enttäuschung. Ihre Schritte hallten durch die Nacht. Ein untrügliches Zeichen für jeden, dass eine Frau alleine unterwegs war. Oder?

Bei Beate Uhse

Erstmal bin ich an dem Laden vorbeigelaufen, war mir zu peinlich reinzugehen. Ich bin dann auf die andere Straßenseite und hab eine Weile beobachtet, wer den Laden betritt. Waren gar nicht so wenige Leute, vor allem Pärchen. Es gab aber auch Frauen ohne Begleitung. Was um Himmels willen kaufen die da? Dildos? Ich wollte es gar nicht so genau wissen, aber irgendwie war ich auch neugierig. Ich hab mir also ein Herz gefasst, tief durchgeatmet und bin rein. Mein gefasstes Herz pochte ganz schön, aber ich hab versucht, ganz cool auszusehen. Hat mich auch keiner komisch angeguckt.

Der Laden ist ganz hell beleuchtet, gar nicht schummerig, wie ich mir das vorgestellt hab, und er ist ganz plüschig eingerichtet, alles in Rot, Pink oder Schwarz und an den Wänden hängen irgendwelche Utensilien wie Peitschen oder Handschellen oder sogar eine Gummipuppe. So eine mit einem Loch als Mund. Die werden wohl eher die Herren der Schöpfung kaufen ... Komische Schmuse- oder Erotikmucke dudelte die ganze Zeit mit stöhnenden Frauen oder so Liedern wie „*Give it to me, baby, aha, aha*". Zwischendurch rannte eine Tussi in knallengen schwarzen Lederhosen und Stiefeln bis zu den Kniekehlen durch den Laden und versprühte aus einem Flakon Parfum. Roch nicht schlecht, aber ob das zum Kaufen animiert? Ich weiß nicht. Wobei, ich hab ja auch was gekauft. Was ziemlich Geiles.

Und das kam so: Ich bin erstmal überall vorbei und hab alles begutachtet, hab aber in dieser ersten Runde noch nichts angefasst. Ehrlich. Das kam erst in der zweiten Runde, als ich nicht widerstehen konnte, die Vibratoren auszuprobieren. Das heißt natürlich, sie mal anzuschalten, richtig ausprobieren geht nur zu Hause, obwohl es gar nicht so schlecht wäre, wenn man die Dinger da ausprobieren könnte, denn es gibt so viele, wie soll man da wissen, welcher der Richtige für einen ist? Umtauschen geht natürlich nicht. Es gab einen pinken, der ganz lustig gebogen war und ziemlich doll vibrierte. Den hätt ich gerne mal ausprobiert, aber ich wollte ja was ganz Anderes kaufen, also hab ich mich von den Vibratoren verabschiedet. Jedenfalls für diese Runde ...

Die Dessousabteilung ist ganz hinten im Laden neben den Kabinen, und als ich mir das eine oder andere Teil anguckte, kam eine Schnalle mit einer blonden Mähne bis zum Hintern, kurzen roten Ledershorts und angetuscht, als hätt sie noch eine Nachtschicht auf der Bordsteinkante. Dagegen kam ich mir in meinem geblümten Sommerkleid vor wie die Unschuld vom Lande und fehl am Platze. Die anderen Kunden sahen zwar auch nicht besonders aufgetakelt aus, aber als die besagte Dame mich ansprach, wär ich doch gerne wieder rausgegangen. Allerdings war mein Drang, ein geeignetes Korsett zu ergattern, größer als mein Fluchtbedürfnis.

Lulu, so hieß meine Verkäuferin, war auch sehr hilfsbereit und fischte mir, so gut wie sie mit ihren monsterlangen, knackroten Fingernägeln konnte, ein schwarzes Korsett hervor. Es hatte kleine weiße Tupfer, war an den Rändern mit dunkelblauer Spitze besetzt. Allerdings hatte es so blöde Strapsenhalter – und damit laufe ich bestimmt nicht rum. „Die kannste abschneiden", meinte Lulu. „Haben alle Korsetts dran. Die Männer stehn eben druff, wa?" Sie suchte mir noch ein cremefarbenes mit ganz süßen rosa Herzchen raus und steckte mich in eine Kabine. Die Korsetts sind heutzutage glücklicherweise nicht mehr alle zum Schnüren. Ist ja auch unpraktisch, wenn man sich für seinen Freund oder Macker in Schale werfen will und das Ding von selber nicht anbekommt. Dann muss er einen erst einpacken, um einen gleich wieder auszupacken. Also haben die meisten Ösen oder Haken und zwar vorne.

Ich weiß nicht, ob Lulu sich einen Spaß machen wollte, aber sie war davon überzeugt, dass mir S passen würde, und kaum, dass ich wie eine Presswurst mit dem Korsett dastand, zog sie den Vorhang zurück und meinte: „Oh, dit passt wohl nich."

Nun gut, das cremefarbene gab es nicht in M und das dunkle passte in M, allerdings wurde ich auch hier ungefragt von Lulu begutachtet mit dem Kommentar: „Passt. Ick hätt jedacht, S tut's ooch."

Na super. Sieht eben nicht jeder so aus wie du, Lulu, du Stecken.

An der Kasse stand gerade niemand an, als ich hinschlenderte, und da hab ich schnell noch einen Bogen zu den Vibratoren gemacht und zugegriffen.

Den Pinken kann ich jetzt übrigens nicht mehr umtauschen. Will ich auch gar nicht.

Bella

Vor vier Wochen lernte ich einen sehr reizenden Mann kennen. Er ist charmant, in den besten Jahren, gut aussehend, gepflegt und er riecht fantastisch. Ich bin im Allgemeinen zurückhaltend in Bezug auf Männer, aber bei ihm verlor ich gleich den Kopf ... Seine Annäherungsversuche waren zaghafter als meine. Ich muss gestehen, ich suchte recht schnell den Körperkontakt – seine sanfte Stimme und diese weichen, warmen Hände waren zu verlockend. Außerdem spürte ich seinen Wunsch, mich zu berühren, und ich kam diesem allzu gerne nach. So viel Zärtlichkeit und Freundlichkeit hatte ich lange nicht erfahren; wie sanft er mich streichelte und liebkoste! Eine wahre Wonne. Ich hoffte, ihn mit meinem eigenwilligen, aber liebesbedürftigen Wesen umgarnen zu können und eine dauerhafte Beziehung entstehen zu lassen – aber ach, es sollte nicht sein ...
Unsere erste Begegnung war eher zufällig. Ich ging ziellos spazieren und ließ mich nur von meinen Instinkten leiten. Dann lief ich ihm über den Weg, als er gerade in seinem Vorgarten die Hecken beschnitt. Sofort fühlte ich mich zu ihm hingezogen und auch ich muss ihm auf Anhieb gefallen haben, denn er sprach mich freundlich und interessiert an. Ich bin es gewohnt, dass die Leute mich bemerken, aber ihre Kommentare sind nicht immer herzlich; häufig sind es sogar Beleidigungen. Dann entziehe ich mich schnell dem feindli-

chen Terrain und setze meine Spaziergänge woanders fort.
An demselben Abend noch lud er mich zum Essen ein; ich nahm freudig an und genoss es sehr. Es war hervorragend. Solch einen Schmaus hatte ich lange nicht verzehrt. Ich muss hart für meine Mahlzeiten arbeiten; es gibt nicht jeden Tag eine derartige Köstlichkeit, und so zeigte ich mich selbstverständlich erkenntlich …
Ich war so betört von dem Essen, seinem liebevollen Wesen und seiner Fürsorge, dass ich den Duft des Weiblichen in seinem Haus nicht wahrnahm. Vielleicht wollte ich ihn nicht wahrnehmen. Später verabschiedete er mich zärtlich mit den Worten: „Ciao, Bella."
Bella – welch klangvoller Name! Er war Zucker für meine Ohren und meine Seele. Es lag eine Ewigkeit zurück, dass mir jemand einen Kosenamen gegeben hatte. Ich sah sein Verhalten als Einladung zu weiteren Treffen an, und so stattete ich ihm am nächsten Tag erneut einen Besuch ab. Er empfing mich freudig: „Ah, Bella, ich habe mir gedacht, dass du wiederkommst." Nach dem Essen säuselte er mir Liebesbekundungen ins Ohr und verwöhnte mich mit Streicheleinheiten.
Mir war so wohlig bei ihm zumute, dass ich gar nicht mehr fort wollte, aber übernachten durfte ich nicht. Nun ahnte ich, was dahintersteckte, denn nach ein paar Tagen konnte ich den weiblichen Duft im Haus nicht mehr leugnen. Ich war unruhig und fürchtete mich vor einer Begegnung mit ihr; wahrscheinlich war sie eifersüchtig und würde mich nicht dulden. Aber vielleicht war ich stärker, und er würde sich für mich

entscheiden oder er würde mich als Nebenfrau behalten. Ich hätte damit leben können, aber schon bei dem ersten Aufeinandertreffen war deutlich, dass sie ihre Position nicht so leicht aufgeben sollte.

Sie blieb erschreckt stehen, als sie mich sah. Ich muss zugeben, sie war recht hübsch – große grüne Augen, schlank, durchtrainiert, aber rötliche Haare! Ich hätte schwören können, er stehe ausschließlich auf Schwarzhaarige, Rassige, so wie mich. Ich war etwas verlegen, denn sie reagierte zunächst nicht. Er stellte uns freundlich vor: „Ginger, das ist Bella. Bella, das ist Ginger."

Und dann ging das Gezeter los. Sie ließ ihre ganze Wut an mir darüber aus, dass ich bei ihr eingedrungen war, mein Parfum versprüht, von ihrem Tellerchen gegessen und ihren Anton bezirzt hatte. Das Gejammer war kaum zu ertragen. Ich versuchte, ihr meine Situation zu erklären – obdachlos, alleine, hungrig, aber das interessierte sie nicht. Ginger wurde fuchsteufelswild und stürzte sich auf mich. Wir schrien und keiften, rissen uns die Haare aus, bissen und kratzten, rollten übereinander durch das Wohnzimmer, bis Anton dazwischenging. Er entschuldigte sich zigmal bei mir, bevor er mich vor die Tür setzte. Weinend zog ich von dannen und leckte meine Wunden.

Ich wollte Ginger Zeit geben, sich zu beruhigen und darüber nachzudenken, ob sie mich nicht doch akzeptieren könnte, deswegen ließ ich einige Tage verstreichen, bevor ich wieder vor Antons Tür erschien. Er begrüßte mich mit den Worten: „Meine arme Bella ist wieder da."

Wir versuchten es sogar eine Weile mit getrennten Zimmern, aber als danach die Kämpfe weitergingen, gab Anton es auf, uns zu versöhnen. Ich merkte es zunächst daran, dass er seine Katze mehr streichelte als mich. Sein Blick und seine Stimme wurden immer trauriger, wenn er mit mir sprach. Als er mit einem Korb in der Hand bei mir erschien, war mir klar: Er liebt Ginger mehr als mich.

Nun lebe ich mit vielen anderen zusammen – Alten und Jungen, Kleinen und Großen, Geselligen und Kratzbürstigen. Ich versuche mich zu arrangieren. Immerhin gibt es regelmäßige Mahlzeiten. Außerdem habe ich gehört, dass es hier sogar eine Partnervermittlung gibt. Wenn ich Glück habe, treffe ich irgendwann den Richtigen.

Herr Gott

Glauben Sie auch, dass es den lieben Herrgott gibt? Oder hoffen Sie, dass jeder seines eigenen Glückes Schmied ist? Oder vielleicht glauben Sie, Sie armer Tropf, dass es eine Mischung aus beidem ist? Papperlapapp, na dann kommen Sie mal mit.
„Wo sind wir denn hier?"
„Na, im Himmel."
„Im Himmel? Das ist doch Blödsinn."
„Was haben Sie denn gedacht, wo er wohnt?"
„Erstens glaube ich nicht, dass es ihn gibt, und zweitens glaube ich nicht, dass er tatsächlich irgendwo ‚wohnt'."
„So, da sind wir schon. Wir müssen uns anmelden, aber wir haben einen Termin."
„Einen Termin bei Gott?"
„Ja meinen Sie etwa, Gott empfängt jeden? Kommen Sie, drücken Sie Ihren Daumen hier drauf. Gut so. Na, dann treten wir mal ein."
„Schick hier, modern, fast protzig."
„Ah, da kommt er."
„Oh Gott, er hat ja rote Haare."
„Ach ja? Das tut mir aber leid. Meiner ist immer groß, schön, schlank, langbeinig, sexy und weiblich. Tja, jedem das seine."
„Hallo, herzlich willkommen. Ich freue mich immer, wenn ich eines meiner Geschöpfe vor mir habe. Ganz passabel, aber an der Nase habe ich vergessen, etwas

zu korrigieren. Verzeihung, damals hatte ich gerade viel um die Ohren."

„Guten Tag, Herr Gott."

„Herr Gott, ha ha ha, Herr Gott, ha ha ha. Oje, damals hatte ich tatsächlich sehr viel um die Ohren. Ha ha. Also, Gott reicht. So, was interessiert dich denn am meisten? Willst du sehen, wo ich euch kreiere oder wo einige von euch später arbeiten? Ach, ich weiß. Komm mit, ich hab das Richtige für dich."

„Wo gehen wir denn hin?"

„In die Glaubensstation, du glaubst doch nicht an mich."

„Na ja, jetzt bekomme ich Zweifel."

„Zweifel über Zweifel, genau das bist du. Selbst wenn es dir ins Auge springt, zweifelst du. Aber tröste dich, da bist du nicht der Einzige."

„Aber ich dachte, wir sind alle Individuen."

„Pah, Individuen. Viel zu viel Arbeit. Ich habe Schablonen, aber wenn man schnell arbeitet, dann verrutschen sie etwas. Mehr als euch lieb ist."

„Du machst Fehler?"

„Larifari Fehler. Kreative Freiheit!"

„Welche Schablonen gibt es denn?"

„Die Glückskinder, die Pechvögel, die Zweifler, die Optimisten, die Pessimisten, ach noch etliche mehr, mit Varianten, wie gesagt, zum Beispiel die Verzweifelten, falls die Schablone beim Zweifler verrutscht."

„Na, da fühl ich mich ja gleich besser. Und was ist mit Genetik?"

„Ach ja, Genetik, damit erklärt sich für einige alles leichter. Sie haben Beschäftigung. Menschen brauchen Beschäftigung und das Gefühl voranzukommen."
„Das heißt, eigentlich ist doch alles festgelegt von dir und wir führen deinen Plan aus?"
„Nein, ihr führt nicht meinen Plan aus; erstens gibt es keinen Plan und zweitens spielt ihr keine aktive Rolle; ihr werdet sozusagen ausgeführt."
„Na fantastisch, was soll unsere Existenz überhaupt?"
„Herrje, immer die Frage nach dem Sinn. Seltsamerweise ist es mir noch nicht gelungen, diesen Aspekt bei euch auszumerzen."
„Das heißt, wir sind doch nur deine Spielfiguren?"
„Wenn du es so sehen willst."
„Du meinst, du willst, dass ich es so sehe."
„Wenn du es so sehen willst."
„Dann ist es völlig sinnlos, über den Sinn des Lebens nachzudenken!"
„Sag ich doch. Besser nicht."
„Kann ich überhaupt über etwas nachdenken, ohne dass ich es soll?"
„Wir drehen uns im Kreis."
„Verstehe. Aber jetzt fühle ich mich beschissen und bedeutungslos."
„Wieso bedeutungslos? Für mich habt ihr Bedeutung."
„Na toll, als Spielzeug!"
„Wenn du es so sehen willst."
„Was mache ich hier überhaupt? Das hat doch alles keinen Sinn."
„Ojemine, schon wieder der Sinn."

„Ja, ja ich weiß. Schon gut. Dann eben kein Sinn."
„Na also, geht doch. So, da sind wir. In der Glaubensstation. Hier bekommt jeder von euch, bevor er entlassen wird, sein Quäntchen Glauben hinzugefügt. Oder eben nicht, wie bei dir."
„Aber warum sollen denn einige nicht glauben?"
„Wenn alle glauben würden, wäre es doch kein Glaube mehr, dann wäre es doch eine Selbstverständlichkeit, die man einfach so hinnehmen würde wie schlafen oder essen. Das hinterfragt doch niemand. Also brauche ich euch, damit der Glaube an den Glauben aufrechterhalten wird. Denn nur durch den Unglauben kann der Glaube weiterleben."
„Aber warum ist es dir so wichtig, dass Menschen an dich glauben? Du weißt doch, dass du existierst."
„Sonst ergäbe es für mich keinen Sinn. Stell dir vor, keiner glaubt mehr an mich, welche Daseinsberechtigung hätte ich dann? Möchtest du nicht, dass Leute an dich glauben?"
„Doch, sicher!"
„Aber der Unterschied zwischen uns ist, dass mich keiner sieht oder anfassen kann, also bleibt mir nur der Glaube an mich. Anders kann ich nicht bestehen."
„Das heißt, wenn die Leute nicht mehr an dich glauben, hörst du auf zu existieren?"
„Natürlich."
„Also gibt es doch so etwas wie den Sinn des Lebens. Unser Sinn ist dein Sinn und dein Sinn ist unser Sinn. Ohne den anderen können wir nicht existieren."
„So, mein Jüngelchen, jetzt hast du es kapiert."

Naomi

Naomi stand vor dem Spiegel und band ihre langen schwarzen Haare zu einem Zopf zusammen. Sie schaute sich eine Weile an, dann begann sie, sorgfältig das Make-up aufzutragen. Seit einiger Zeit verwendete sie eine Nuance dunkler, da ihre Haut fahl und blass geworden war. Danach mattierte sie diese Schicht mit Puder, der mit kleinen Glanzpartikeln versehen war, um ein Strahlen zu erwirken, das ihre Haut nicht mehr von selbst hervorbrachte. Naomi trug mehrere Lagen schwarzer Wimperntusche auf und zog dann geschickt einen schwarzen Lidstrich, der am Ende einen leichten Schwung nach oben bekam. Sie bemühte sich inständig, das frühere Leuchten ihrer Augen hervorzurufen. Sie wusste, dass es ihr nicht gelingen würde, aber ungeschminkt würde sie nicht vor die Tür treten. Einen Rest Wohlempfinden wollte sie behalten. Als nächste Schicht folgte zartes Rouge – ein wenig Feuer musste doch zu erzeugen sein. Naomi ließ ihre Haare frei über die Schultern fallen und betrachtete sich. Stumpf war ihr Haar geworden, der alte Glanz fehlte. Tränen stiegen ihr auf, aber sie unterdrückte sie, um nicht ihr Make-up zu ruinieren.

Sie war 22 Jahre alt und mit Sicherheit auf den ersten Blick immer noch die Schönste auf der ganzen Station. Ach was, in der ganzen Klinik, in der ganzen Gegend. Naomi zog ihr enges rotes Oberteil an, ihre engen schwarzen Hosen, atmete tief durch und trat erhobenen Hauptes aus dem Zimmer. Sie ging mit herausgestreckter Brust den langen, neonbeleuchteten Flur entlang, der ihre Gesichtsfarbe mit Sicherheit noch gelblicher erscheinen ließ, als sie es ohnehin schon war. Aber da es hier keine Spiegel gab, wusste sie das nicht genau. Doch durch die Schminke fühlte sie sich geschützt genug, um zur Essensausgabe zu gehen.

„Hallo Naomi, wie geht's?", fragte Jens, der als Zivi arbeitete.

„Sehr gut, danke", log sie. „Und dir?"

„Alles paletti."

Er lächelte sie freundlich an. Früher hätte er mit Sicherheit versucht, mit ihr zu flirten. Selbst wenn sie nur wegen einer Blinddarm- oder Knieoperation hier gewesen wäre, hätte er bestimmt nichts unversucht gelassen, aber unter diesen Umständen hielt er sich zurück, nein, er hatte nicht das Bedürfnis, ihr näher zu kommen, da war sie sich ganz sicher.

Naomi erlaubte diesem Gedanken, an keinem Morgen an die Oberfläche zu treten, sondern bestellte ihr Frühstück und verschwand lächelnd in ihr Zimmer. Gierig aß sie das Müsli, die Brötchen, den Yoghurt. Bis zur ersten Anwendung hatte sie eine halbe Stunde Zeit. Sie ging ins Bad, putzte sich die Zähne und trug roten Lippenstift auf. Sie übte verschiedene Lächeln vor dem Spiegel. Das Doktor-Kalinski-Lächeln war immer das erste. Er war so hübsch, so attraktiv, so sympathisch, so verheiratet, und dennoch hoffte sie, dass er ein Zeichen von sich gäbe, dass er sie unter anderen Umständen attraktiv fände. Das Doktor-Oberfeld-Lächeln kam als

Nächstes. Freundlich, normal, nicht aufgesetzt. Das Guckt-mich-nicht-so-mitleidig-an-Lächeln war für die anderen Patienten bestimmt, die zwar auch Probleme hatten, die aber mit den ihren nicht vergleichbar waren.

Sie wusste, dass es schlecht um sie stand. Wenn nicht bald eine Spenderniere gefunden würde, dann hätte sie nicht mehr lange zu leben. Naomi schob diesen Gedanken so oft es ging weg, aber er schlummerte im Hinterkopf und wartete nur auf Gelegenheit, um hervorzubrechen. War sie nicht beschäftigt und saß allein im Zimmer, kam dieser Gedanke mit geballter Wucht und war kaum zu bändigen.

Auch bei den Bädern, die zur Entspannung gedacht waren, konnte sie nicht abschalten. Während der Maltherapie ließ sie ihren Gefühlen freien Lauf und schuf Bilder mit großen Klecksen und Kreisen in Schwarz, Rot und Lila, von denen ihre Therapeutin ihr abriet, sie an ihre Wände zu hängen. Sie sollte sich mit fröhlichen Farben umgeben, um sich aufzuheitern.

Es gab zurzeit nicht viel, das Naomi aufheiterte. Die Besuche ihrer Eltern waren einerseits Lichtblicke, andererseits war die Stimmung immer gedämpft. Naomi spürte die Traurigkeit und Hilflosigkeit ihrer Eltern. Alle drei versuchten, sich Mut zuzusprechen und gute Laune zu verbreiten, was in der Regel nicht gelang. Nach ihren Besuchen war Naomi oft noch deprimierter als vorher. Fernsehen bot eine gewisse Ablenkung und brachte sie manchmal wenigstens zum Lächeln. Nur

Nils konnte sie aufheitern – er brachte sie sogar zum Lachen.

Nils war ihr Physiotherapeut, bei dem sie Fußreflexzonenmassagen bekam. Mit seinen blonden Locken und den lachenden grünen Augen verzauberte er alle Patienten in der Klinik. Er plapperte immer munter auf Naomi ein, so hatten die düsteren Gedanken in seiner Gegenwart keine Chance. Sie freute sich jedes Mal auf die Behandlung bei ihm, aber versuchte, ihre Freude nicht zu groß werden zu lassen, denn sie wusste ja, dass es zu nichts führen konnte. Ihre Erkrankung, die Ungewissheit, ihre blasse Haut, das alles wollte kein Mann. Sie verstand das – und deshalb übte sie nie ein Nils-Lächeln vor dem Spiegel. Sie hatte schon mit genügend Enttäuschungen im Leben zu kämpfen.

Heute erzählte Nils besonders viel und massierte intensiver als sonst. Naomi störte das nicht, sie genoss sein Plaudern, seine weiche, aber sehr männliche Stimme und seine Berührungen. Sie hätte am liebsten jeden Tag eine Behandlung bei ihm; auch die Rückenmassagen waren fantastisch. Er erzählte wirr durcheinander und sprach vom Wetter, was er sonst nie tat, von dem Buch, das er gerade las und ihr ausleihen müsse, von seiner neuen Smartphone-Errungenschaft, von einem Eiscafé um die Ecke, welches das beste Eis der Stadt mache, und sie müsse unbedingt mit ihm dahin gehen und wieder vom Wetter und ... Moment mal ...

Eiscafé? Naomi konnte gar nicht so schnell folgen. Sie sollte mit ihm Eis essen gehen? In diesem Moment

fragte er nochmals nach: „Und, hast du Lust, ich meine, du hast noch nicht geantwortet. Ich würde dich gerne zum Eis einladen, dich besser kennenlernen, hier ist es immer so anonym."
Naomi guckte ihn entgeistert an. Er massierte etwas zu heftig ihren großen Zeh und schaute verlegen zur Seite.
„Sehr gerne", sagte sie lächelnd.
„Zum Glück, ich hatte schon Angst, du würdest Nein sagen."
Nils' Hände wurden spürbar feucht, er atmete tief durch und Naomis Herz machte einen riesigen Hüpfer.

Der Zug

Sie lief. Sie war völlig außer Atem. Sie drehte beim Laufen ihren Kopf nach rechts und schaute aus dem Fenster. Sie konnte nichts erkennen. Waren das Häuser oder nur Schatten? Standen dort Bäume oder bildete sie sich diese nur ein, weil sie gerne welche sehen wollte? Gab es dort noch Berge oder waren auch Berge nur Erinnerungen aus der Vergangenheit? Sie wusste es nicht.
Sie kniff die Augen zusammen und versuchte, mehr zu erkennen. Rot, grün, blau? Nein. Gelb, lila, rosa? Nein. Schwarz, weiß, schwarz, weiß. Sie lief weiter. Sie rannte immer schneller von Waggon zu Waggon. Sie hatte Schmerzen. Irgendwann musste doch der Speisewagen kommen. Trinken, essen. Weiter, weiter. Sie versuchte, im Laufen wieder aus den Fenstern zu sehen. Nichts zu erkennen. Aber dort musste doch etwas sein. Sie rannte immer schleuniger. Wenn sie schneller als der Zug wäre, dann hätte sie Zeit gewonnen. Diese Zeit könnte sie nutzen, um aus dem Fenster zu gucken. Lauf! Lauf schneller! Lauf! Nach einer Weile merkte sie, dass es nicht ging – der Zug war zu schnell. Erschöpft und abgekämpft verlangsamte sie ihr Tempo. Widerwillig.
Sie setzte von Neuem an, es musste doch gehen. Sie musste es doch schaffen. Sie rannte, hetzte sich immer mehr. Nichts, nichts zu erkennen. Sie wurde langsamer, immer langsamer. Genau, das war es. Vielleicht

musste sie stehen bleiben, um etwas zu erkennen. Anhalten, gucken, ausruhen.

Sie versuchte es – keuchend stellte sie sich an das nächste Fenster. Schwarz-weiß. Nichts mehr als vorbeihuschende Schatten. Sie konnte es nicht fassen. Wo waren all die Dinge hin? Sie erinnerte sich doch noch an die Farben, Formen, Gerüche. Gerüche? Sie bemühte sich zu erinnern, wie ein Wald roch. Wie roch ein Wald? Verdammt. Wie sah ein Feld aus? Wie roch das Heu? Nichts. Sie bekam Panik. Ihr Kopf fing an zu surren. Ihr wurde schwindelig. Wie sah das Haus aus, in dem sie als Kind gewohnt hatte? Wo befand sie sich mittlerweile eigentlich?

Sie wollte raus aus dem Zug, aber wusste nicht wie und wohin sie wollte. Sie bekam Angst vor dem da draußen. Und wie käme sie in den Zug zurück? Taumelnd ging sie ein paar Schritte. Dann sah sie den roten Griff. Sie begriff plötzlich, was zu tun wäre. Sie zog die Notbremse. Der Zug gab ein ohrenbetäubendes, schrilles Geräusch von sich. Sie hielt sich die Ohren zu und krümmte sich zusammen. Es kam ihr vor wie eine Ewigkeit, bis der Zug zum Halten kam. Sie zögerte. Sollte sie tatsächlich springen? Was, wenn der Zug sofort weiterführe? Schnell, zu schnell. Sie schwang sich zur nächsten Tür – und sie stieg aus. Kaum war sie draußen, da setzte sich der Zug wieder in Bewegung. Sie erblickte im Zug eine rennende Person, die kopfschüttelnd zu ihr herausblickte. Mit unverminderter Geschwindigkeit sauste der Zug davon.

Dort stand sie nun, schwankend, allein auf weiter Flur. Ihr Kopf brauste noch, und sie hatte das Gefühl der Geschwindigkeit noch unter ihren Füßen. Es zog ihr den Boden weg – und sie fiel um. Ihr war übel. Sie übergab sich. Dann drehte sie sich auf den Rücken.
So lag sie mit geschlossenen Augen, bis der Schwindel und die Übelkeit weniger wurden. Sie öffnete die Augen und erblickte den Himmel. Der Himmel. Der blaue Himmel. Sie hatte vergessen, wie er aussehen konnte – zartblau mit weißen Wölkchen. Sie lächelte. Es war ihr erstes Lächeln seit einer Ewigkeit. Ein warmes Gefühl durchflutete ihren Körper. Sie bemerkte plötzlich die Wärme, die sie umgab, und wusste erst nicht, wo sie herkam. Oh, die Sonne. Sie hatte vergessen, wie sich die Wärme der Sonne anfühlte. Sie fing an zu genießen.
Nach einer Weile stand sie langsam auf, ging ein paar Schritte und bemerkte erst jetzt, dass sie sich inmitten einer großen Wiese befand. Der liebliche Duft der Blumen breitete sich in ihrer Nase aus. Sie schlenderte in Richtung eines Waldes. Sie nahm mit allen Sinnen die Umgebung wahr. Sie bewunderte die Blumen, die fantastischen Farben – rot, gelb, blau, orange. Es roch würzig nach Erde und Tannen, süß und herb nach Pflanzen und Kräutern. Sie schnupperte an einzelnen Pflanzen und atmete tief ein und aus. Mit wilder Kraft strömte alles auf sie ein. Sie hüpfte und tanzte, sie drehte sich um sich selbst und jauchzte und jubelte. So ließ sie die Zeit verstreichen.

In der Ferne konnte sie hin und wieder vereinzelt Personen erkennen. Es waren nur wenige. Sie wusste, die anderen waren alle in den Zügen.
Nach sehr sehr langer Zeit war sie wieder bereit, in einen Zug zu steigen. Sie ging gemächlich weiter, bis sie auf Schienen stieß. Es jagten viele Züge vorbei, in die sie nicht hätte einsteigen können und wollen. Sie wunderte sich, wie sie jemals in solch einen Zug gekommen war.
Irgendwann rollte ein Bummelzug heran. Aus den Fenstern blickten lachende Leute, die ihr zuwinkten. Sie winkte zurück, der Zug hielt an. Sie stieg ein. Sie hatte Zeit, aus dem Fenster zu schauen, wenn sie wollte. Sie konnte leicht aus- und einsteigen und sich mit den anderen Leuten unterhalten. Das war es. Sie hatte beschlossen, ihren Weg nur noch in Bummelzügen zurückzulegen.

Das Tagebuch

Johannas Tagebuch
07. September 2010
Heute war ich wieder bei Papa, um ihm beim Aussortieren zu helfen. Papa kann sich immer noch nicht von Mamas alten Sachen trennen, oder von Sachen, die ihn an Mama erinnern. Es ist jetzt zwar ein halbes Jahr her, aber es fällt ihm immer noch so schwer. Er hat sein Leben noch nicht wieder in den Griff bekommen. Andererseits sagt er, dass ihn der Anblick bestimmter Gegenstände quält und ihn daran hindert, mit weniger Wehmut durchs Leben zu schreiten. Deswegen sollte ich ihm beim Sortieren helfen und erst einmal mit dem Dachboden anfangen. Na ja, wenn er meint, dass ihm das hilft, dann tue ich es gerne.
Ich bleibe immer wieder bei bestimmten Dingen hängen, wie den Fotoalben. Es ist schön, Bilder von Mama zu sehen, aber ich muss dann oft losweinen und eine Pause einlegen. Dann geh ich runter zu Papa und er nimmt mich in die Arme oder setzt schnell Tee auf und stellt Kekse auf den Tisch. Mich nimmt das Ausmisten emotional ganz schön mit, und deswegen zieht es sich über Wochen hin.
Heute bin ich auf ein altes Tagebuch von Mama gestoßen. Es lag in einer Kiste mit Briefen und Postkarten. Mamas Handschrift zog mich an, und deshalb habe ich ein wenig gestöbert. Ich fand einige Briefe an Papa und Postkarten von ihr an uns von ihren Kurztrips mit

Sophia. Etliche Briefe von Leuten aus der Kindheit von Mama, als man tatsächlich noch Briefe schrieb.
Als ich das Tagebuch fand, war ich zwar neugierig, aber ich hatte auch das Gefühl, etwas Verbotenes zu tun. Mama ist zwar tot, aber dennoch kam es mir vor, als ginge ich zu weit, wenn ich es öffnen würde.
Aber meine Neugier hat gesiegt und ich habe es durchgeblättert. Die Eintragungen stammten alle aus dem Jahre 1967, was mich beruhigte, weil das vor meiner Geburt war. Ich hatte das Gefühl, dass es sich eher um eine andere Person handeln würde, die hier schrieb, nicht Mama.
Auf einigen Seiten bin ich hängen geblieben und habe Wortfetzen gelesen wie „tanzen", „romantischer Abend", „zauberhaft", „lieben". Ich glaube, Mama hat hier über ihre Verliebtheit zu Papa geschrieben. Aber will man so etwas über die eigenen Eltern lesen? Die pikanten Stellen, wenn es welche geben würde, könnte ich ja überspringen. Ein paar Wörter habe ich noch aufgeschnappt: „dunkelbraune Augen", „Marcel".
Ein Abschnitt hat mich dann doch sehr neugierig gemacht. Er lautete ungefähr folgendermaßen: „Gestern haben wir uns wieder getroffen. Wir waren spazieren. Er hielt meine Hand, und ich ließ es geschehen. Allzu gerne, glaube ich. Was soll ich nur tun? Er ist so wunderschön. Ich weiß, dass es nicht richtig ist, aber ich kann ihm nicht mehr lange widerstehen. Ich werde ihm sagen, dass wir uns nicht wiedersehen können. Nein, ich *müsste* ihm sagen, dass wir uns nicht wiedersehen können, aber ich weiß, dass ich es nicht tun werde."

Sehr romantisch. Ich denke, nachher werde ich anfangen, alles zu lesen.

Bernadettes Tagebuch
5. April 1967
Ich habe so lange kein Tagebuch mehr geschrieben. Ich weiß gar nicht mehr, wie sich das anfühlt, sich alles von der Seele zu schreiben. Beinahe hätte ich angefangen mit „Liebes Tagebuch", aber das ist mir dann doch ein wenig zu kitschig oder zu kindlich. Ich muss meine Gedanken ordnen. Es ist etwas passiert, das nicht hätte passieren dürfen. Aber was heißt, nicht hätte dürfen? Ich bin schließlich noch eine freie Frau. Oder zumindest halbwegs. Jedenfalls noch nicht verheiratet.
Okay, Bernadette, immer der Reihe nach. Also, es fing vor ein paar Wochen an. Wir trafen uns bei meinem Prof., als ich ihm ein paar Bücher zurückbrachte, die er mir fürs Examen geliehen hatte. Professor Gerling stellte uns einander vor. Er war gerade zum Gespräch beim Prof. wegen seiner anstehenden Zwischenprüfung. Jawohl, Zwischenprüfung! Er ist ein paar Jahre jünger als ich. Nicht, dass mich das stört. Es geht mich eigentlich nichts an. Wir waren ja nur ein paar Mal zusammen essen. Auch nur in der Mensa. Abgesehen davon, dass ich da eigentlich nichts mehr zu suchen habe ...
Ich greife vor. Ach so, er heißt übrigens Marcel. Auch ein französischer Name, wie meiner. Ist das nicht hin-

reißend? Marcel von Süderholt. Schöner Name. Irgendwie hat Marcel es geschafft, mich an dem ersten Tag bei Prof. Gerling zu überreden, mit ihm essen zu gehen. Er wollte ein paar Tipps wegen unseres Profs. Habe ich natürlich „Ja" gesagt. Wenn er nicht so charmant wäre und so unverschämt gut aussehen würde, hätte ich mich danach wohl aus dem Staube gemacht. Er ist schwarzhaarig und hat dunkelbraune Augen und ein freches Grinsen, das einem fast die Schuhe auszieht. Er ist eigentlich gar nicht mein Typ. Steh ja auf die Blonden, ohne Haare auf der Brust, drahtig und superschlank müssen sie sein. So wie Franz eben. Aber Marcel ist so attraktiv, da prickelt mein ganzer Körper, ohne dass ich das will. Ich befürchte, er merkt es, obwohl ich versuche, mich ganz entspannt und überlegen zu geben. Schließlich bin ich mit meinem Jurastudium schon fertig.

Wir haben uns dann für den darauffolgenden Tag und den danach und den danach und den danach und so weiter verabredet. Das geht jetzt schon seit drei Wochen so. Nach seiner Veranstaltung bin ich immer schon da und warte auf ihn. Am Anfang dachte ich, na gut, bis zum Referendariat habe ich schließlich etwas Zeit und wir können etwas fachsimpeln. Tun wir aber nicht. Wir reden über alles andere, nur nicht über Jura. Verdammt! Was mach ich da gerade? Ich habe Franz natürlich nicht erzählt, dass ich mich jeden Tag mit einem hübschen Mann treffe. Morgen gehe ich nicht hin. Basta!

6. April 1967

War heute wirklich nicht da, aber was hatte das zur Folge? Er kam zu mir. Oje, oje. Zum Glück hat es keiner mitbekommen. Noch wohne ich zwar im Studentenheim, aber hat keiner bemerkt, dass er bei mir war. Marcel hat sich Sorgen gemacht, weil ich nicht da war. Oh, dieses Lächeln, diese Lippen machen mich wahnsinnig. Ich habe ihm erzählt, ich hätte so schlimme Kopfschmerzen gehabt, aber jetzt seien sie besser. Er wollte mich dann zum Essen einladen, so richtig ins Restaurant. Ich habe zwar protestiert, weil es zu teuer ist, aber er hat darauf bestanden, und ich habe mich breitschlagen lassen. Außerdem war ich froh, aus dem Studentenheim zu kommen. Habe zu sehr befürchtet, dass uns doch noch jemand zusammen sieht. Gar nicht auszudenken, was wäre, wenn Franz das erführe. Ich schäme mich so für mein Verhalten. Ich betrüge ihn zwar nicht, aber was ich da mache, ist trotzdem nicht richtig.

Wenn ich mit Marcel zusammen bin, vergesse ich alles um mich herum. Als wir im Restaurant waren, hat er mir aus der Jacke geholfen, und mir schien es, als hätte er sich damit extra Zeit gelassen, um dicht bei mir zu stehen. Beim Essen hat er mir dann endlich erzählt, warum er die Uni gewechselt hat. Seine Freundin hatte hier eine Stelle angenommen (sie ist Krankenschwester), und er wollte ihr folgen. Nachdem der Wechsel genehmigt war, ging die Beziehung auseinander. Nun ist er in Berlin und muss hier weiter studieren. Der Ar-

me! Verlassen in Berlin. Na ja, er hat ja mich. Scherz! Wirklich, wirklich nur ein Scherz.
Zum Abschied hat er mir einen Kuss auf die Wange gedrückt, und mein Herz galoppierte los. Wohin nur?

10. April 1967
Gestern haben wir uns wieder getroffen. Wir waren spazieren. Er hielt meine Hand, und ich ließ es geschehen. Allzu gerne, glaube ich. Was soll ich nur tun? Er ist so wunderschön. Ich weiß, dass es nicht richtig ist, aber ich kann ihm nicht mehr lange widerstehen. Ich werde ihm sagen, dass wir uns nicht wiedersehen können. Nein, ich *müsste* ihm sagen, dass wir uns nicht wiedersehen können, aber ich weiß, dass ich es nicht tun werde.

17. April 1967
Meine Beziehung mit Franz läuft so weiter wie bisher, und es ist immer noch schön mit ihm. Wir unternehmen viel, er lädt mich oft ein, schließlich verdient er schon gut. Er möchte auch, dass wir zusammenziehen, und ich denke, er wird mir bald einen Heiratsantrag machen, aber ich will erst mein Referendariat zu Ende bringen und arbeiten. Dann sehen wir weiter.
Franz ist toll. Er ist sehr gebildet und interessiert sich für Theater und Musik. Genau die Sachen, die ich auch so liebe und mit denen ich großgeworden bin. Wir reden oftmals stundenlang bei Spaziergängen im Gru-

newald oder am Schlachtensee, dann gehen wir zu ihm und lieben uns. Ich vermisse nichts, wenn ich mit Franz zusammen bin, aber warum nur musste Marcel auftauchen? Marcel weiß von Franz – und dennoch will er mich treffen. Warum kann ich ihm nicht einfach sagen, dass ich ihn nicht mehr sehen will?
Ich habe ihm versprochen, am Samstagabend mit ihm tanzen zu gehen. Franz habe ich erzählt, ich gehe mit Sophia aus. Oh Gott, jetzt fange ich schon an zu lügen.

21. April 1967
Gestern waren wir tanzen in einem Lokal, in das keiner meiner Bekannten geht. Zum Glück! Es fing ganz harmlos an, aber als er mich dann über die Tanzfläche fegte und wir leicht verschwitzt waren, dachte ich nur noch: ‚Küss mich, küss mich.' Beim nächsten langsamen Lied schmiegte ich mich an ihn, und er hielt mich ganz fest. Es versprach, ein romantischer Abend zu werden, doch bevor das Lied vorbei war, zog er mich von der Tanzfläche nach draußen und wurde ganz ernst. Er müsse wissen, woran er sei, denn er wisse ja, dass ich einen Freund hätte, aber er sei in mich verliebt und könne so nicht weitermachen.
Ich wusste nicht, dass er es so ernst meint. Wir haben vereinbart, dass wir uns erst einmal nicht sehen und ich mir über meine Absichten klar werde. Ich konnte die ganze Nacht nicht schlafen. Heute Morgen bekam ich einen großen Strauß roter Rosen. Wäre fast wieder in die Uni, um mich zu bedanken, aber konnte mich

gerade noch zurückhalten. Heute Abend gehe ich erst einmal zu Franz.

22. April 1967
War gestern Abend noch bei Franz und habe ihn sofort ins Bett gezogen. Ich musste dabei die ganze Zeit an Marcel denken ... Außerdem waren die Rosen von Franz! Ich Dummerchen dachte, die wären von Marcel gewesen und er würde um mich kämpfen. Pah! Franz dachte, ich käme mit wehenden Fahnen, weil ich mich so über die Rosen gefreut hätte. Gut, dass es schon dunkel war und er meine überraschte Miene nicht sehen konnte. Bevor er heute früh zur Arbeit ist, haben wir noch mal zusammen geschlafen. Musste schon wieder nur an Marcel denken.

24. April 1967
Marcel ist zauberhaft. Heute stand er mit einer roten Rose vor meiner Tür. Ich habe ihn nur allzu gerne hereingebeten. Er meinte, er könne an nichts anderes mehr denken als an mich. Er könne sich gar nicht auf sein Studium konzentrieren. Als er den Rosenstrauß erblickte, schaute er ganz elend drein. Er meinte, er sei zwar jünger als ich und hätte kein Geld und müsse noch ein paar Jahre studieren, aber er wolle mit mir Zeit verbringen, auch wenn er keine Chancen hätte. Dann gab er mir einen Brief und verabschiedete sich mit den Worten: „Lies ihn. Ich gebe die Hoffnung nicht

auf." Als er so vor mir stand mit seinem engen, aufgeknöpften Hemd und dem schönen Mund, dachte ich: „Armer Franz."

20. Mai 1967
Marcel denkt, ich habe mit Franz Schluss gemacht. Marcel ist nun eingerichtet und wohnt mit einem Kommilitonen zusammen. Er wollte mir die Wohnung zeigen, damit ich weiß, wo ich ihn finde, wenn ich ihn sehen will. Ich bin mitgegangen, obwohl, oder wohl eher *weil* ich wusste, was passieren würde. Es lag seit Langem in der Luft und uns beiden war klar, dass es, wenn ich einwillige mitzugehen, passieren würde. Mit jeder Stufe, die wir nahmen, wurde ich nervöser, und als wir oben ankamen, war ich etwas aus der Puste, weniger, weil es anstrengend war, sondern weil ich so aufgeregt war und nicht mehr richtig atmen konnte.
Kaum dass wir in seinem Zimmer waren, schloss er die Tür und trat dann ganz nah an mich heran. Wir standen nur so da und guckten uns an. Mir wurde noch heißer, die Spannung zwischen uns war kaum auszuhalten. Ich spürte ihn schon am ganzen Körper, da hatte er mich noch gar nicht berührt.
Marcel knöpfte mir ganz langsam meine Bluse auf, und ich fing immer schneller an zu atmen. Er befeuchtete seine Lippen und ich dachte, jetzt würde er mich küssen, aber damit wartete er noch. Ich ertrug es fast nicht mehr, aber wollte wissen, was er weiter tat. Er streifte mein Bluse ab und ließ sie zu Boden fallen,

dann öffnete er meinen BH und streichelte mir sanft die Brüste. Ich weiß, dass ich einen schönen Busen habe, prall, aber nicht zu prall, und den Männern gefällt er. Marcel wohl auch. Ich sah, dass er einen ganz glasigen Blick bekam. Ich war schon so erregt, dass ich ihn mir am liebsten sofort geschnappt hätte, aber es war schön, dass er sich Zeit ließ. Er öffnete meinen Rock und ließ auch diesen zu Boden fallen. Seine Hände griffen nach meinem Po und meinen Schenkeln, dann fasste er mir zwischen die Beine. Ich schaute ihn an, zog ihn zu mir und küsste seine herrlichen Lippen. Dann ging alles schneller. Wir küssten uns heftig, wobei ich anfing, sein Hemd und seine Hose aufzuknöpfen. Er half etwas nach. Wir taumelten durch das Zimmer zum Bett und zogen uns ganz aus.

Er küsste und liebkoste meinen ganzen Körper und als er in mich drang und wir zusammen schliefen, war es wie eine Erlösung. All die sexuelle Spannung der letzten Wochen konnte sich weiter aufbäumen und sich endlich freistrampeln. Es war erfüllend, sich an ihn zu klammern und nach ihm zu lechzen, seine Begierde und Gier zu spüren. In den letzten Wochen habe ich mir so oft ausgemalt, wie es wohl sein mochte, mit ihm zu schlafen, aber dass wir so zueinander passen, hätte ich nicht für möglich gehalten.

Wir blieben fast die ganze Nacht wach, haben zwischendurch etwas gegessen und uns später wieder geliebt. Wir haben geredet und uns festgehalten. Ich bin verliebt in Marcel. Aber auch in Franz.

01. Juni 1967
Mir gefällt es sehr, zwei Männer gleichzeitig zu haben, mich an ihnen zu berauschen und sie beide zu befriedigen. Ich liebe den Sex mit ihnen. Obwohl sie nichts voneinander wissen, habe ich manchmal das Gefühl, sie liebten mich, als müssten sie um mich kämpfen, so viel Leidenschaft und Energie stecken sie in unsere Liebesspiele. Sie werden beide immer innovativer und wecken Töne in mir, die ich dann zum anderen weitertragen kann. Sie stehen in Konkurrenz zueinander, ohne es zu wissen, aber vielleicht spüren sie, dass sie um die Wette lieben. Ich genieße das sehr. Ich war schon einmal morgens bei Marcel, als er seine Vorlesung geschwänzt hat, und abends bei Franz, nur um zu wissen, wie es ist, am selben Tag zwei Männer zu lieben. Ich bin völlig durchgeknallt, aber ich kann nicht aufhören.

22. Juni 1967
Ich denke, ich werde die Beziehung zu einem der beiden beenden. So geht das nicht weiter. Ich habe vorhin eine Münze geworfen und gehofft, dass mein Gefühl bestätigt wird. Wurde es? Es kam Zahl. Marcel.

01. Juli 1967
Bernadette, du bist schwanger. Hörst du. Du bist schwanger. Die Frage ist vor allem, von wem?

02. Juli 1967
Ich kann immer noch nicht glauben, dass ich schwanger bin. Was soll ich nur tun? Ich weiß nicht, wer von den beiden der Vater ist. Franz und ich haben meistens verhütet, aber Marcel und ich nicht. Er dachte, ich benutze ein Diaphragma. Von daher kann ich ihm kaum gestehen, dass ich schwanger bin. Franz jedenfalls wäre nicht so geschockt. Ich kam übrigens noch nicht dazu, Schluss zu machen. Zum Glück. Jetzt muss ich noch mal neu überlegen.
Mit Franz wäre alles klar. Heiraten, Kind, dann irgendwann mein Referendariat (darauf werde ich nicht verzichten!!) und dann arbeiten, schöne Wohnung. Hört sich nicht allzu schlecht an.
Und mit Marcel? Zu dritt in einer Miniwohnung, kein Geld. Außerdem will er mit Sicherheit jetzt kein Kind. Ich auch nicht, aber abtreiben kommt nicht infrage.
Aber was, wenn er der Vater ist?

05. Juli 1967
Da ich sowieso nicht herausfinden kann, wer der Vater ist, habe ich mich nun für einen entschieden. Es geht nicht anders. Ich habe mir meine Rede schon überlegt. Von der Schwangerschaft werde ich nichts erzählen.

06. Juli 1967
Es war schrecklich.

07. Juli 1967
Ich bin völlig erschöpft, aber ich muss ihm heute mitteilen, dass ich schwanger bin.

08. Juli 1967
Er hat sich fürchterlich gefreut und sofort Heiratspläne geschmiedet. Ich habe mich heute früh übergeben.

20. Juli 1967
In zwei Wochen heiraten wir. Franz hat eine Wohnung für uns gefunden. Am Wochenende ziehen wir ein. Mir ist ständig schlecht und ich heule nur noch. Franz bekommt das nicht so mit, aber wenn wir zusammen wohnen, muss ich mich zusammenreißen. Marcel, du fehlst mir so ...

Johannas Tagebuch
08. September 2010
Ich habe gestern Mamas Tagebuch zu Ende gelesen. Ich bin völlig geschockt. Vielleicht ist mein Vater gar nicht mein Vater. Sie hatte etwas mit zwei Männern gleichzeitig, ohne dass der andere davon wusste. Ich dachte immer, meine Eltern hätten aus Liebe geheiratet, aber es scheint, als hätte meine Mutter den anderen wirklich geliebt und Papa nur geheiratet, weil es passender war. Was, wenn der andere mein Vater war? Ich muss das herausfinden.

10. September 2010
Ich habe ein wenig recherchiert. Dem Internet sei Dank! Dieser Marcel lebt in Hamburg und hat eine Anwaltskanzlei. Könnte ich ja mal hinfahren. Andererseits, wenn er nicht mein Vater ist, interessiert mich ein alternder Anwalt in Hamburg nicht wirklich. Leichter wäre es erst mal herauszufinden, ob mein Vater mein leiblicher Vater ist. Aber so hinter Papas Rücken einen Vaterschaftstest machen zu lassen, ist auch nicht so toll. Dennoch, ich will wissen, wer mein Vater ist.

12. September 2010
Heute war ich wieder bei Papa und bevor ich auf den Dachboden ging, sagte er beiläufig, er hätte gesehen, dass ich da oben schon ziemlich weit sei. Wenn ich irgendwann auf alte Tagebücher von Mama stoßen sollte, solle ich sie ihm bitte runterbringen, er würde sie mit den anderen verwahren. An meinem Blick erkannte er, dass ich wohl schon etwas gefunden hatte. Er fragte: „Hast du es gelesen?" Ich nickte. Dann haben wir uns ins Wohnzimmer gesetzt und geredet.
Als ich sechs war, hat mein Vater das besagte Tagebuch gefunden und konnte, als er das Geschriebene sah, ebenso wenig wie ich widerstehen, es zu lesen. Er war danach völlig geschockt. Seine ganze Welt stürzte zusammen. Er war hin- und hergerissen, meine Mutter zu konfrontieren oder auch nicht, weil er die Wahrheit aus ihrem Munde nicht noch einmal hören wollte.

Er war so glücklich mit uns und hatte das Gefühl, dass auch meine Mutter glücklich sei. Meine Mutter war eine leidenschaftliche Tagebuchschreiberin, was ich gar nicht wusste, aber das einzige Tagebuch, das sie versteckte, war das, was ich fand. Mein Vater hat damals für sich beschlossen, in den Tagebüchern meiner Mutter eine Antwort darauf zu finden, ob sie wirklich glücklich war oder ob sie ihre Entscheidung bereut hatte. Das, was er fand, hatte ihn beruhigt und er hatte entschieden, meine Mutter nie darauf anzusprechen.

Ich sagte ihm, dass ich überlegt hatte, einen Vaterschaftstest machen zu lassen. Er war für einen Moment lang ganz still und meinte dann leise: „Wenn du es irgendwann tun willst, dann ist das dein gutes Recht, aber versprich mir, dass du es erst nach meinem Tod tun wirst."

Ich nahm seine Hände und sagte: „Nein, Papa, ich verspreche dir, dass ich es niemals tun werde."

Die unglückliche Dame

Ein herzzerreißendes Weinen erfüllte Raum 13. Die Bewohner des Raums mussten diese Gefühlsausbrüche schon die dritte Nacht ertragen. Die unglückliche Dame saß an einem Tisch, gedeckt mit verführerischen Speisen, die sie aber nicht interessierten. Die Dame war genauso verführerisch wie die Früchte und Leckereien neben ihr, nur war ihr sonst so hübsches Gesicht schmerzverzerrt und ihre Augen gerötet vom Weinen.
Nachdem das Licht ausgegangen war, konnte die Dame nicht mehr an sich halten. „Wo ist er nur? Ohne ihn will ich nicht leben", jammerte sie.
Daraufhin lachte das Paar nebenan und der junge Mann meinte: „Du lebst doch sowieso nicht, oder willst du das etwa Leben nennen da an deinem Tisch mit all den Früchten, die du nie isst?"
„Eben, ohne ihn ertrage ich das nicht. Ihr habt gut reden, ihr seid immer zu zweit", erwiderte die Unglückliche.
„Das ist auch kein Vergnügen, wenn man die ganze Zeit am Ufer Liebesspielen nachgehen muss", antwortete die Geliebte des jungen Mannes, woraufhin er irritiert guckte.
„Ich vermisse ihn so. Er schaut mich immer liebevoll an. Ich weiß nicht, was ich machen soll, wenn er nicht wiederkommt", bekannte die Unglückliche.
„Er wird schon wiederkommen. Warum denn nicht? Vielleicht ist er krank oder hat Urlaub", schlug die Grei-

sin vom anderen Ende des Raumes vor. „Du bist noch jung, mein Kind. Solche Erlebnisse hatten wir alle schon. In meinen ersten Jahren hegte ich die Hoffnung, dass mein Erschaffer zurückkehren würde, aber irgendwann habe ich die Hoffnung aufgegeben …" Bei diesen Worten setzte die unglückliche Dame erneut an zu weinen.

„Na, so war es doch nicht gemeint", versuchte die Greisin sie zu beruhigen.

„Aber ich will doch nur ihn", schluchzte die unglückliche Dame.

Da niemand schlafen konnte und die meisten befürchteten, dass es wieder die ganze Nacht so weitergehe, versuchte man, eine Lösung zu finden.

Die Geliebte hatte die Idee, man könne jemanden auf Erkundungstour schicken.

Alle verstummten nach diesem Vorschlag, denn fast niemand verstand ihn so recht.

„Ich meine, jemand von uns sollte morgen früh, wenn das Museum öffnet, fragen, wo der Herr bleibt, dann können alle wieder in Ruhe schlafen", erklärte sie.

Fassungslos starrten die anderen sie an. „Wir wissen gar nicht, ob das funktioniert", entgegnete die Greisin.

„Außerdem müsste es jemand sein, der groß genug ist, sonst fällt es zu sehr auf."

„Wie wäre es mit mir selbst?", schlug die Unglückliche vor.

„Das dürfte kaum gehen, da Sie keine Beine haben", entgegnete der Mann im Schnee.

Sie wimmerte verzweifelt.

„Wie wäre es mit unserem Herrn, der so oft auf Reisen ist?“, schlug der Mann im Schnee daraufhin vor.
„Der ist Franzose, der wird sich nicht verständigen können“, meinte die Geliebte.
„Pardon, isch ’änge lange genug in Ihrem Museum, um Ihre grobe Sprache zu be’errschen. Isch spreche sie nischt gerne, aber isch kann misch ausdrücken“, ertönte es.
„Sind Sie denn schon einmal aus Ihrem Bild gestiegen?“, fragte die Greisin.
„Nun ja, isch ’abe misch in anderen Museen gelegentlisch auf den Weg gemacht, um junge Damen zu besuchen. Isch würde diese Aufgabe selbstverständlisch im Dienste der Liebe übernemmen, aber das Probläm ist, dass isch misch dann nischt im Bildnis befände.“
Das warf eine lebhafte Diskussion auf. Man einigte sich schließlich, dass er gleich nach der Öffnung des Museums jemanden ansprechen müsse.
Mit einem Male schlug die Geliebte vor, dass doch alle im Raum probieren könnten, aus ihren Bildern zu steigen. Die Reaktionen reichten von Empörung über Angst bis hin zu Abenteuerlust.
„Lieber Monsieur, geben Sie doch bitte den Mutigen unter uns eine Anleitung, wie es funktioniert, dass man aus seinem Bilde steigt“, forderte sie ihn auf.
„Das ist ganz einfach. Sie müssen es nur wollen und Ihren Geist und Ihren Körper einsetzen. Ihr Erschaffer ’at Ihnen schließlisch so viel Leben einge’aucht, dass Sie ’ier ’ängen dürfen und alle Welt Sie bestaunt.“

„Na, wenn das so einfach ist, probiere ich es jetzt", sagte die Geliebte.
„Aber wenn es nicht funktioniert und du nicht wiederkommst, was soll ich dann ohne dich tun? Wir heißen doch ‚Junges Paar beim Liebesspiel am Ufer'", rief ihr Geliebter.
„Dann müssen sie das Bild eben umbenennen."
Vorsichtig löste sie sich aus seinen Armen, rekelte sich, ging ein paar Schritte am Ufer entlang hin zum Bilderrahmen, holte tief Luft und sprang.
Alle im Raum hielten den Atem an.
Sie landete unsanft auf ihrem Hinterteil, stand auf, drehte sich im Kreise und jubelte: „Freiheit!"
Nun wurden einige andere im Saal nervös und wollten es ihr gleichtun. Der Geliebte stapfte los, sprang forsch aus dem Bild und tat sich prompt am Knöchel weh.
Die unglückliche Dame wollte auch aus ihrem Bild, aber wusste nicht wie.
„Ich will auch!", rief sie.
„Wir könnten Sie auffangen und auf die Bank setzen", schlug der Geliebte vor.
So rutschte die Dame von ihrem Stuhl hin zum Rahmen und plumpste hinab in die Arme der anderen. Sie wurde auf die Bank gesetzt, atmete tief durch und lächelte. „Ach, ist das schön, ich fühle mich gleich besser, nicht mehr so alleine."
So ging es noch eine Weile. Einige stiegen aus ihren Gemälden und amüsierten sich, erkundeten das Museum und weckten andere Bewohner, die nicht verstanden, was um sie herum geschah. Andere trauten sich

nicht, diesen neuen Weg zu gehen, und blieben, sich über ihre Ängste ärgernd, auf ihren Plätzen. Zwei Bewohner waren so mit ihrer Lage zufrieden, dass sie tatsächlich nicht das Bedürfnis nach Veränderung verspürten.

Vor lauter Aufregung vergaßen die Bewohner des Raums 13 die Zeit. Erst als sie bemerkten, dass der Morgen angebrochen war, halfen sie sich gegenseitig in ihre Gemälde zurück, wobei die Großen die Kleinen leicht hineinheben konnten. Als Letzte setzte der Franzose die unglückliche Dame zurück auf ihren Stuhl und stieg in sein Bild.

Die Mission des Franzosen am Morgen konnte nicht mehr ausgeführt werden, was aber auch nicht mehr vonnöten war, da um Punkt 10 Uhr der von der unglücklichen Dame ersehnte Wärter den Saal betrat. Wie immer steuerte er zuerst auf sie zu und betrachtete sie mit einem Lächeln.

„Ich habe dich vermisst, meine Schöne", sagte er. Ihm war, als sähe sie heute besonders reizend aus. Sie hatte ein Strahlen in den Augen, das ihm zuvor noch nicht aufgefallen war.

Weihnachten

Es war wieder einmal Weihnachtszeit – meine liebste Zeit im Jahr. Ich liebte nichts so sehr wie zu schenken. Es machte so viel Freude zu schenken. Für mich war es wie eine Notwendigkeit. Ich schenkte deswegen nicht nur zu Weihnachten, sondern das ganz Jahr über. Ich machte meinen Verwandten Geschenke, ich machte meinen Freunden Geschenke. Ich beschenkte Bekannte und Kollegen. Ich schenkte und schenkte – und war glücklich zu sehen, dass die Leute sich freuten und ich das Richtige getroffen hatte. Aber zu Weihnachten konnte ich mich so richtig ausleben, austoben, verausgaben. Schenken, schenken, schenken ...
Ich klapperte sämtliche Weihnachtsmärkte der Stadt ab und schleppte Pakete und Päckchen nach Hause. Wochenlang ging das so. Am vierten Advent beschloss ich, nochmals über den schönsten Weihnachtsmarkt der Stadt am Gendarmenmarkt zu bummeln.
Ich drückte mich, mit Tüten und Paketen beladen, durch die Reihen. Plötzlich ging es nicht weiter, denn ich befand mich in einer Schlange.
„Für was stehen wir hier denn an?", fragte ich meinen Vordermann.
„Na, kennen Sie denn nicht Frau Wolmolla?"
„Frau Wolmolla?"
„Na, die bekannte Hellseherin, die hier jedes Jahr sitzt."

Ich konnte kaum glauben, dass ausgerechnet ich bisher nichts von dieser Dame gehört haben sollte. Neugierig geworden, wartete ich mit den anderen vor dem Wohnwagen der Hellseherin. Als ich endlich an der Reihe war, wurde mir etwas mulmig. Dennoch trat ich ein.

Der Geruch von Glühwein und Bratäpfeln umwehte meine Nase, aber es war hier im Inneren so schummerig, dass ich erst nichts deutlich erkennen konnte. Plötzlich tauchte ein blondgelockter Knabe an meiner Seite auf, lächelte mich an, nahm mich bei der Hand und führte mich zu einem Tischchen, an dem ein kleines hutzliges Mütterchen mit einer enormen Nase im Gesicht saß. Sie fragte sofort: „Kugel oder Karten?"

„Äh, Kugel bitte!", antwortete ich leicht irritiert.

Ich stellte meine Geschenke ab und setzte mich ihr gegenüber auf einen Hocker. Daraufhin stellte sie eine riesengroße rote Christbaumkugel auf den Tisch.

„Biste bereit, die Wahrheit über dich zu erfahren und kannste se denn ooch ertragen?", berlinerte sie mich an. Ohne eine Antwort abzuwarten, fuhr sie fort, gab dem Knaben ein Zeichen, der im hinteren Teil des Wagens verschwand.

Frau Wolmolla zog kräftig an einer Pfeife und blies mir den Rauch direkt ins Gesicht, sodass ich noch weniger sah und husten musste. Der Blondschopf stand plötzlich wieder neben mir und legte mir etwas Warmes, Haariges, Lebendiges auf den Schoß, das sich wie ein zotteliges Hündchen anfühlte. Ich erschrak, aber Frau

Wolmolla meinte: „Streichel ihn, sonst würd's nüscht mit deiner Zukunft." Also streichelte ich.
Die Alte legte die Hände auf die Christbaumkugel, rieb daran und schaute gebannt darauf. Nach einer Weile meinte sie: „Irgendwat stümmt nich, allet is so verschwommen, so verworren. Ick bekomm keen klaret Büld von deinem Leben. Dit is sehr merkwürdig, als wärst du nüsch der, der du zu sein glaubst."
Nervös rutschte ich auf dem Stuhl hin und her und streichelte das Hündchen. Frau Wolmolla rieb weiter an der Kugel und murmelte vor sich hin. Mir wurde das alles zu unheimlich und ich überlegte zu gehen.
„Ick weeß, watte denkst", sagte sie, „aber bleib noch etwas, es würd dir jut tun."
Erschrocken darüber, dass sie meine Gedanken lesen konnte, blieb ich sitzen. Sie rieb wieder an der Kugel, drehte sie, murmelte weiter vor sich hin. Dann stieß sie mit einem Mal einen Freudenschrei aus. Ich zuckte zusammen.
„Haha! Jetzte seh ick es janz klar. Ick weeß, wer du eijentlich bist. Aber meen Freundchen, hast de es noch selber nüsch jemerkt? Pass mal uff, ick kann dir helfen."
Ich wusste zwar nicht, was ich von dem ganzen Hokuspokus halten sollte, aber ich dachte mir ‚Schaden wird es schon nicht' und war ganz Ohr.
„Um dein wahret Ick zu erkennen, musst du die Oogen schließen (was ich tat), nun an wat Schönet denken (schenken, schenken) und deinen Bauch frei machen."

„Was?" Ich riss die Augen wieder auf. Langsam wurde mir das doch zu bunt, ich wollte schließlich noch meine Geschenke einpacken.
„Ja, ick muss dabei deinen Bauchnabel sehen."
Auf Drängen der Alten entblößte ich meinen Bauchnabel, schloss wieder die Augen, streichelte den Hund und dachte an Weihnachten.
Nach einer Weile meinte sie: „So, dit wars."
Froh darüber, dass der Spuk vorbei war, griff ich in eine meiner Tüten, gab der Wahrsagerin ein Geschenk und verschwand schnell zum Hinterausgang.
Als ich auf die Straße trat, bemerkte ich, dass sich meine sämtlichen Geschenke nun in einem riesengroßen Sack befanden, den ich über der Schulter trug. Außerdem war mir ein langer, schneeweißer Bart gewachsen. Meine Kleider waren nun aus samtweichem, knallrotem Stoff. Um meinen dicken Bauch trug ich einen schwarzen, breiten Gürtel. Während ich noch staunte und mich betrachtete, kamen unzählige Kinder angelaufen und riefen: „Der Weihnachtsmann, kommt schnell, der wirkliche Weihnachtsmann ist hier."
Ich begriff endlich und fing an zu lachen. „HOHOHO. HOHOHO." Mir fiel es sehr leicht, meine wahre Bestimmung auszuleben, und nun kann ich noch mehr schenken, schenken, schenken, schenken, schenken ...

Sprich oder schweig für immer

Theresa wusste, dass Carola von Lars betrogen wurde. Jede wusste es, jede Mutter aus dem Kindergarten. Sabine hatte es Anneliese erzählt, Anneliese Elena, Elena Frauke und so weiter, bis es bei Theresa ankam. Wahrscheinlich hatte es auch jede ihrem Mann erzählt, sofern sie einen hatte.
Nur Xenia musste es niemand erzählen, denn sie war diejenige, mit der Lars Carola betrog. Alle wussten es, nur Carola wusste es nicht.
Theresa fühlte sich mies mit diesem Wissen. Mit zwei Müttern aus dem Kindergarten war sie befreundet, ansonsten kannte man sich aus dem Kiez, von Elternabenden, Kindergartenaufführungen, gelegentlichen Kaffeeklatschs. Schlechte Nachrichten zu überbringen, stand ihr nicht zu, fand Theresa. Sie ärgerte sich sehr über Sabine, die mit Xenia befreundet war und mit dem Tratschen angefangen hatte. Besonders pikant wurde die Sache dadurch, dass alle zu Carolas und Lars' kirchlicher Trauung nächste Woche eingeladen waren – zu ihrer katholischen Trauung. Denn damit hofften sie, ihren Sohn Moritz auf der katholischen Schule anmelden zu können. Lars war extra konvertiert, aber da er ohnehin Atheist war, war es ihm einerlei, ob er evangelisch oder katholisch heiratete.
Beim Elternabend vor zwei Wochen saßen Carola und Lars in der ersten Reihe; Lars wollte immer in der ersten Reihe sitzen. Er hatte auch immer etwas zu sagen

– jedenfalls glaubte er das. Bis auf Carola und Xenia ging er allen auf die Nerven. Aber vielleicht ging er Xenia, wenn er so viel quatschte, auch auf die Nerven. Wenn die beiden zusammen waren, hatten sie gewiss Besseres zu tun, und im Bett hielt er sicherlich die Klappe und war bestimmt der absolute Hammer.

Theresa musste zugeben, dass Lars wahnsinnig gut aussah. Auf dem allerersten Elternabend hatte sie sich dabei ertappt, wie sie immer wieder zu ihm hinschaute und dachte: „Wow, was für ein Leckerbissen", aber der Appetit war ihr nach der zweiten Begegnung vergangen, weil sie seine Selbstinszenierung unerträglich fand.

Xenia und ihr gehörnter Ehemann kamen zu dem Elternabend vor zwei Wochen zu spät und mussten sich neben Carola und Lars in die erste Reihe setzen, denn niemand sonst hatte dort sitzen wollen. Theresa dachte im ersten Moment: ‚Super, die Show kann beginnen.' Als sich aber alle anderen wissende Blicke zuwarfen und hier und da ein verschmitztes Lächeln zu sehen war, tat Carola Theresa wieder leid.

Sie wollte es zwar nicht, aber sie konnte nicht aufhören, die vier zu beobachten. Carola hatte Kuchen gebacken, den sie herumreichte, Lars laberte und laberte, Xenia vermied krampfhaft, Lars anzuschauen, und Holger saß entspannt auf seinem Platz und aß Kuchen. Carola nickte ständig bei den Fragen und Argumenten von Lars. Die Einzigen, die keinen Kuchen aßen, waren Lars und Xenia. Holger aß zwei Stücke.

Theresa überlegte, wann und wo Lars und Xenia es trieben. Bei einem der beiden zu Hause oder im Hotel? Oder vielleicht bei Xenia in der Schule? Schön unbequem auf einer Krankenliege oder auf einem Lehrerpult? Auf Dauer wohl nicht so toll. Theresa stellte sich vor, dass Lars Xenia erst einmal vollsülzte bis sie sagte: „Halt die Klappe und nimm mich!" – was er bestimmt vorzüglich tat.

Nach dem Elternabend bildeten sich draußen kleine Grüppchen und ein jeder wollte seine Beobachtungen über die vier loswerden. Theresa hatte darauf keine Lust; warum konnte nicht eine von Carolas Freundinnen ihr die Wahrheit sagen? Als Xenia und Holger gingen, drehte sich Xenia noch einmal um und Lars zwinkerte ihr zu. Theresa sah, wie Xenia heiß und kalt wurde. Spürte Holger das auch?

Carola lief währenddessen herum und suchte jemanden, der am nächsten Tag ihren Sohn Moritz vom Kindergarten abholen und für ein paar Stunden mit nach Hause nehmen würde. Als Theresa Lars' Zwinkern sah, sagte sie Carola sofort zu. Carolas „Danke, du bist meine Rettung" bewirkte bei Theresa, dass sie ein noch schlechteres Gewissen bekam.

Als Theresa am nächsten Tag die Kinder vom Kindergarten abholte und an Lars' und Carolas Haus vorbeilief, sah Moritz das Auto seines Vaters vor der Tür stehen und wollte kurz hinein, um seine Spielfiguren zu holen. Theresa konnte ihn nicht davon abhalten, obwohl sie keine Lust hatte, Lars zu begegnen. Lars öffnete die Tür und Moritz stürmte an ihm vorbei, um seine Figuren zu holen. Theresa entschuldigte sich für die Störung, aber er lächelte sie charmant an und meinte: „Kein Problem. Ihr habt Glück, dass ihr mich erwischt. Ich bin nur kurz nach Hause gefahren, weil ich 'ne Akte vergessen hab'." Sein Hemd war schief zugeknöpft.

Nachdem sie gegangen waren, schaute Theresa von der anderen Straßenseite noch einmal zurück und sah Xenias Lockenkopf oben am Fenster. ‚So läuft das also', dachte Theresa, ‚ein Stelldichein in der Mittagspause, während ich auf Moritz aufpasse und Carola unterwegs ist. Miese Bande.' Am liebsten hätte sie Carola, als diese Moritz abholte, über die Situation aufgeklärt. Aber Carola wirkte wie immer fröhlich und Theresa brachte es nicht über das Herz, diese gute Laune zu zerstören. Abends jedoch schrieb sie einen anonymen Brief:

Liebe Carola,
Lars betrügt dich mit Xenia M. Ich finde, du hast ein Recht darauf, es zu wissen.

Am Briefkasten zögerte Theresa jedoch, denn sie fand es feige, einen anonymen Brief zu schreiben. Daraufhin zerriss sie ihn.

Zu der Trauung ging Theresa nur widerwillig. Lars wirkte entspannt und abgeklärt, Carola strahlte. Die Gäste tuschelten und lästerten hinter ihrem Rücken – es war fürchterlich. Theresa hatte das Gefühl, sie müsse plat-

zen oder wegrennen. Als der Pfarrer dann sagte: „Wer einen Einwand gegen diese Ehe hat, trete vor und spreche jetzt oder er schweige für immer", stand Theresa mit einem Ruck auf. Alle Blicke richteten sich auf sie. Dem Pfarrer entfuhr ein kleines „Oh" und Carola und Lars drehten sich um. Es wurde totenstill.
Dann stand Sabine auf, dann Mia, dann Petra, dann Elena, Frauke, Anneliese. So ging es weiter, bis alle Kindergartenmütter standen. Nun ließ Theresa die Bombe platzen.

Ende 2
(...) Zu der Trauung ging Theresa nur widerwillig. Lars wirkte entspannt und abgeklärt, Carola strahlte. Die Gäste tuschelten und lästerten hinter ihrem Rücken – es war fürchterlich. Theresa hatte das Gefühl, sie müsse platzen oder wegrennen. Als der Pfarrer dann sagte: „Wer einen Einwand gegen diese Ehe hat, trete vor und spreche jetzt oder er schweige für immer", stand Theresa mit einem Ruck auf. Alle Blicke richteten sich auf sie. Dem Pfarrer entfuhr ein kleines „Oh" und Carola und Lars drehten sich um. Es wurde totenstill.
Dann stand Sabine auf, dann Mia, dann Petra, dann Elena, Frauke, Anneliese. So ging es weiter, bis alle Kindergartenmütter standen.
Der Pfarrer fragte: „Könnte das bitte jemand erklären?"
„Ja, ich", ertönte eine Männerstimme, und Holger stand auf.

Carola und Lars guckten ihn beide entsetzt an.

„Carola und ich haben seit einem Jahr ein Verhältnis." Ein Raunen ging durch die Kirche und Lars und Xenia riefen wie aus einem Mund: „Wie? Ihr beide habt ein Verhältnis?" Carola zuckte mit den Achseln und antwortete: „Na, ihr doch auch."

Lars schaute Carola entgeistert an. Er war sprachlos.

„So, wollen wir fortfahren?", fragte Carola ihn lächelnd.

Der Nachhauseweg

Lara war allein auf dem S-Bahnhof und wartete auf den nächsten Zug. Es war ein lauer Sommerabend und sie trug ein kurzes Kleid mit Spaghettiträgern. Es war schon spät, die Sonne war längst untergegangen, aber Sven und sie hatten, frisch verliebt wie sie waren, beim Liebesspiel die Zeit vergessen, bis seine Eltern zurückkamen und Lara sich schleunigst auf den Weg machen musste. Sie hatten sich vor drei Monaten in einem der neuen angesagten Clubs in Ostberlin kennengelernt, die man nun nach der Wende auskundschaftete. Sven wohnte im tiefsten Ostberlin und Lara mochte die Gegend nicht. Schon gar nicht abends. Da war nicht mehr viel los, und sie brauchte ungefähr eine Stunde nach Hause. Sie fuhr deswegen nicht oft zu ihrem Freund, aber da Svens Eltern heute Abend nicht da gewesen waren, hatte sie die Chance ergriffen, um ungestört mit ihm zu sein.
Noch beschwingt von ihrem Besuch bei Sven, ging sie leise summend den Bahnsteig auf und ab. Ein Mann kam die Treppe herauf und ging auf Lara zu. Er war um die vierzig, leicht schwammig. Sie wandte sich ab und setzte sich auf eine der Bänke. Der Mann ging weiter in ihre Richtung und blieb zwei Meter vor ihr stehen. Seine Glupschaugen musterten sie. Sie schaute weg.
Warum steht der so dicht bei mir? Ekelhafter Typ.
Er steckte sich eine Zigarette an. Der Rauch wehte in Laras Richtung. Sie hasste Rauch, stand auf und ging

ein paar Schritte. Der Mann schaute ihr nach. Sie konnte seinen Blick im Rücken fühlen. Nach einer Weile überlegte sie, ob sie zum Schaffner gehen sollte. Aber wie konnte er ihr helfen? Der Typ hatte nichts Verbotenes getan. Vielleicht stand er immer an dieser Stelle, wenn er auf den Zug wartete.

Bevor Lara in den eingefahrenen Zug einstieg, schaute sie noch einmal zu ihm hinüber. Er starrte sie noch immer an. Für einen Augenblick sah sie ein Funkeln in seinen Augen. Er stieg in denselben Waggon. Sie wollte sehen, wohin er sich setzte. Er blieb stehen. Daraufhin setzte sich Lara an das Ende des Waggons und versuchte zu lesen, aber der Typ machte sie zu nervös, als dass sie sich hätte konzentrieren können. Außer ihnen waren zwei junge Frauen im Abteil, die bei der nächsten Station ausstiegen. Lara kroch die Angst in jede Pore ihres Körpers, unwillkürlich klammerte sie sich krampfhaft an ihr Buch. Sie versuchte, einen klaren Gedanken zu fassen, um einen Ausweg zu finden. Sollte sie versuchen, ein Abteil zu finden, in dem Personen waren? Aber sie wollte dem Kerl auch nicht zeigen, dass sie vor ihm weglief.

Als sie in den nächsten Bahnhof einfuhren, hatte sie Herzrasen. Kein Mensch stand auf dem Bahnsteig. Lara blieb sitzen. Der Schweiß brach ihr aus. Sie hörte, wie er im Abteil auf und ab ging. Er kam näher und blieb bei ihr stehen. Dann lief er wieder auf und ab. Nun setzte der Mann sich Lara gegenüber. Sie starrte in ihr Buch. Sie konnte sein Grinsen spüren. Er atmete in ihre Richtung. Dann griff er sich in den Schritt. Lara wollte aufschreien, ihn anschreien, wegrennen. Sie setzte sich um.

An der nächsten Station stiegen ein paar Leute ein. Lara atmete durch. Er beobachtete sie weiterhin. Sie tat wieder so, als wäre sie ganz in ihr Buch versunken. Sollte sie die anderen Passagiere um Hilfe bitten? Aber Hilfe wobei?

Das ist voll peinlich, andere Leute anzuquatschen. Vielleicht ist er doch ganz harmlos. Gleich muss ich umsteigen, der bleibt sicher im Zug.

Als sie aufstand, blieb er sitzen. Ihre Erleichterung wollte sie nicht zeigen. Als sie ausstieg, sah sie im Augenwinkel, dass er aufsprang. *Mist! Der folgt mir tatsächlich.* Hektisch eilte sie zu den Treppen. Ihr Herz pochte immer schneller und ihr Mund wurde trocken. Als sie auf dem anderen Bahnsteig ankam, rollte der Zug gerade ein. Sie blickte sich um. An die Säule neben ihr gelehnt, stand schon der Mann und grinste. Er spuckte auf den Bahnsteig. Sie schaute schnell weg und zog vor Schreck heftig die Luft ein.

Der Zug war gut gefüllt; das gab ihr eine gewisse Sicherheit. Sie suchte sich einen Platz bei einem älteren Pärchen. Er setzte sich ihr vis-à-vis zwei Reihen weiter. Lara traute sich nicht, die Leute anzusprechen oder ihren Verfolger direkt zu konfrontieren. Zu unangenehm. Zu kindisch. Die Gedanken wirbelten in ihrem Kopf herum. *Merkt denn keiner, dass der mich so anstarrt und mir folgt? Wie werde ich den nur los?* Hier im Zug konnte ihr nichts passieren, aber was würde auf dem Weg von der S-Bahn nach Hause sein? Sie wusste

nicht, was sie tun sollte. Am liebsten hätte sie laut geschrien. Das war wie bei XY ungelöst.
Am Ende werde ich vergewaltigt und tot aufgefunden. Und dann wird die Szene nachgestellt und keiner kann sich an mich erinnern. Oh Gott!
Ihr wurde schlecht und sie fing wieder an zu schwitzen. Noch vier Stationen, dann musste sie aussteigen.
Lara überlegte sich krampfhaft eine Strategie. Sie traute sich kaum aufzublicken, aber sie musste wissen, ob er noch guckte. Er starrte unverwandt und leckte sich über die Lippen. Sie wagte nicht, ihr Buch zuzuklappen oder wegzustecken, sonst würde er ahnen, dass sie aussteigen musste. Langsam formte sich eine Idee in ihrem Kopf. Ihr Herz raste, ihre Handflächen waren feucht, sie konnte ihr rechtes Knie nicht ruhig halten.
Sie wollte eine Station zu früh aussteigen und stand rechtzeitig auf. Sollte er ihr doch folgen! Er stellte sich eine Tür weiter. Der Zug fuhr ein. Lara atmete flach und schnell. Sie stieg aus und ging hinter die nächste Plakatwand. Dort wartete sie auf ihn. Dann ging sie ein paar Schritte weiter. Als die Ansage „Zurückbleiben" ertönte, hüpfte sie schnell in den Waggon. Er sprang ihr hinterher, aber schaffte es nicht. Sie sah, wie er fluchte. Lara zitterte am ganzen Leib.

Dienstag

Sie lag in ihrem Bett und starrte auf die Digitalanzeige ihres Weckers: 21.32. Sie konnte nicht einschlafen, lauschte den Geräuschen im Haus. Es war Dienstag und ihre Mutter war beim Sport. Sie hasste Dienstage. Den ganzen Tag lang konnte sie nur daran denken, dass es wieder Abend würde, sie im Bett läge und es dann wieder passieren könnte.
21.36. Um diese Zeit kam er normalerweise. Manchmal auch nicht. Sie wusste nicht, wovon es abhing. Vorhin hatte er, als sie Mama verabschiedet hatten, mit seinem Dienstagslächeln gesagt: „Heute machen wir uns einen besonders hübschen Abend, nicht wahr, Mara?"
Sie war sich sicher, er käme gleich in ihr Zimmer. 21.45. Das späteste war bisher 21.57 gewesen. Mama kam immer gegen 23.00 zurück. Da lag sie dann still in ihr Kissen weinend im Bett und konnte erst recht nicht einschlafen.
Sie wusste, was ein besonders hübscher Abend bedeutete. Da musste sie sich immer auf den Bauch legen und er hielt ihr dabei den Mund zu. Sie hasste ihn. Sie hasste seinen Geruch, sein Stöhnen. Danach sollte sie sich unten herum immer gut sauber machen, damit Mama keine Spuren entdeckte. Meistens ging es sehr schnell, er zog ihr nicht den Schlafanzug aus. Aber manchmal musste sie alles über sich ergehen lassen. Da musste sie sein Ding in den Mund nehmen und sich dann auf den Bauch legen.

21.55. Sie hielt den Atem an. Sie hörte Schritte auf der Treppe. Sie stellte sich schlafend, aber ihre Fäuste waren unter der Decke zusammengeballt. Die Schritte verstummten, dann ging er wieder hinunter. Sie hoffte, er hätte es sich anders überlegt. 21.56. Ihr Herz schlug bis zum Hals, sie fing an zu schwitzen.
Die ersten Male hatte sie geschrien und um sich geschlagen, bis er durch Schläge bekommen hatte, was er wollte. Sie drohte, es Mama zu sagen, aber er versicherte ihr, er würde dafür sorgen, dass sie keine Reitstunden mehr bekäme. Seinen Einfluss führte er ihr am nächsten Tag vor, als Mama ihr verbot, zu Daniela zu gehen, weil sie angeblich den Abend zuvor nicht ins Bett gewollt und gequengelt hätte. Sie protestierte, aber ihre Mutter blieb eisern.
21.58. Er kam wieder die Treppe hoch. Vor ihrer Tür blieb er stehen. Er rührte sich nicht. 21.59. Sie lauschte. Die Stille machte sie fertig, das wusste er. Er zögerte es noch ein wenig hinaus. 22.02. Dann drückte er die Türklinke herunter. Sie rührte sich nicht.
„Na, hast schon gedacht, ich hätte dich vergessen, was?" Langsam kam er zu ihr ans Bett. Ihr wurde schlecht, ihr Magen krampfte sich zusammen. Er stand vor ihr und fing an, langsam seinen Gürtel zu lösen. Dann zog er sein T-Shirt aus. Sie drehte ihren Kopf auf die andere Seite und biss ins Kissen. Tränen stiegen in ihr auf, aber sie wollte nicht weinen. Das schien ihm immer besonders zu gefallen. Sie hörte, wie er die Hose fallen ließ. „Komm, meine Süße, ich habe ihn extra für dich sauber gemacht." Sie bewegte sich nicht.

„Stell dich nicht so an, oder ich muss zu anderen Mitteln greifen, das weißt du doch."
Starr blieb sie liegen. Brutal riss er sie an den Haaren hoch. Sie schrie auf.
Plötzlich wurde unten die Haustür aufgeschlossen.
„Scheiße." Er zog schnell seine Sachen an. „Halt bloß die Fresse. Du weißt ja, was dir sonst blüht."
Sie sackte in sich zusammen und heulte ins Kissen. Für heute blieb sie verschont. Aber der nächste Dienstag kommt bestimmt ...

Bauchgefühl

Amy stand auf dem Deich und schaute auf das Meer. Die Wellen waren aufgewühlt, dunkel und schaumig. Der Wind blies stark, aber sie spürte ihn nicht mehr. Ihr Gesicht war fast taub und die Tränen längst hinweggeweht. Ihre Augen brannten und die Gedanken wirbelten in ihrem Kopf herum. Amys Hände lagen gefaltet über ihrem Bauch. So stand sie, bis es dunkel war. Ein grelles Lachen aus der Ferne riss sie aus ihrer Versunkenheit.
Schon bevor sie hier hergekommen war, hatte sie sich entschieden, das wusste sie jetzt. Amy wandte sich ab und kämpfte sich gegen Kälte und Wind nach Hause. Ihre Sinne erwachten wieder. Sie spürte jede Faser ihres Körpers – ihr kaltes Gesicht, ihre kalten Hände, ihre Muskeln, die sie nach vorne stemmten, ihr Herz, das pochte. Bald würde sie einen weiteren Herzschlag in ihrem Körper hören. Sie wollte ihn hören. Sie wollte ihn. Sie wollte. Egal, was Ärzte, Ratgeber, ihr Mann und Freunde meinten. Ihre innere Stimme sagte, es gäbe keine andere Entscheidung. Nun zählte allein das Bauchgefühl, der Verstand wurde ausgeschaltet. Nach all den Jahren, in denen sie sorgsam darauf achteten, dass sie auf keinen Fall schwanger würde, war die Vernunft weggeblasen. Das Leben hatte gesiegt. Wer so dringend auf die Welt kommen mochte, der sollte nicht gehindert werden.

Amy fühlte ihren Kopf durchweht und gereinigt von Ängsten und Zweifeln. Sie hörte die Stimme ihres Mannes: „Du solltest doch nicht schwanger werden. Wie konnte das passieren? Wir waren uns doch einig."
Ihre Mutter: „In deinem Alter das erste Kind. Du mutest dir zu viel zu."
Ihre Freundin: „Überleg dir das gut bei deiner Erkrankung."
Sie würde gegen die Windmühlen ankämpfen, weil es so sein sollte, weil es jetzt ihr Schicksal war.
Als Amy nach Hause kam, brachte sie einen kalten Hauch hinein. Sie legte Mantel und Schal ab und zog ihre warmen Hausschuhe an. Langsam legte sich die Wärme um sie herum, sie sehnte sich nach heißer Schokolade. Aus dem Wohnzimmer erklang leise Musik und sie hörte ihren Mann am Telefon sprechen. Wortfetzen drangen zu ihr: „Ich weiß … Baby … Sorgen …"
An der Wohnzimmertür blieb sie stehen und lauschte.
„Ich weiß, dass es nicht ohne Risiko ist … Ja, es können stürmische Zeiten auf uns zukommen, aber ich liebe Amy, und ich werde nichts tun, das sie unglücklich macht. Wenn sie das Baby tatsächlich will, werde ich sie unterstützen. Ich hab' zwar eine Weile gebraucht, mich damit anzufreunden, aber wir werden das schaffen." Dann beendete er das Gespräch. Als er sich umdrehte, strahlte Amy ihn von der Wohnzimmertür aus an.
„Danke", sagte sie.
Er ging auf Amy zu und schloss sie in seine Arme.

Helen

Die Musik drang wie durch einen dicken Dunst an ihr Ohr. Helen verabscheute Opern, aber es war mittlerweile die zwanzigste Aufführung von *Xerxes*, bei der sie hinter dem Buffet die Reichen und Eleganten bediente. Tag für Tag kamen sie her, amüsierten sich, lachten, tranken, flirteten. Herausgeputzt stolzierte die Londoner Ober- und Mittelschicht umher, beäugte sich missgünstig, aber verbandelte sich dennoch immer aufs Neue.
Sie stand regungslos da, ihr Blick war starr verschwommen auf den Sekt vor ihr gerichtet. Sie nahm nicht wahr, dass die letzten Akkorde vor der Pause verklungen waren und die Federboas, Schleppen, Hüte und Krawatten sich auf sie zubewegten. Ihr Oberkörper war so eingeschnürt, dass er kaum mehr zu ihr gehörte. Vor jeder Vorstellung ging Mr Garner an seinen Angestellten vorüber und begutachtete sie. Jedes Mal bestand er darauf, dass sich die Damen noch mehr einschnüren, um einen guten Eindruck zu machen und um schnellen, hastigen Bewegungen vorzubeugen, die dazu führen könnten, dass Getränke verschüttet würden. Helen wünschte sich, Mr Garner in ein Korsett zu stecken und so lange ziehen zu können, bis er keine Luft mehr bekäme.
Eine Kollegin stieß sie an: „Sir Fairfax und Gattin."
Helen streifte ein Lächeln über. Am Anfang war sie bemüht gewesen, als Helen Getränke auszuteilen, als

Helen freundlich zu sein und als Helen Trinkgelder entgegenzunehmen. Niemals jedoch hatte sich jemand nach ihrem Namen erkundigt oder sie in ein Gespräch verwickelt. Irgendwann hatte sie es als Helen aufgegeben und versucht, sich an ihr Schattendasein zu gewöhnen. Tagaus, tagein kam sie her, schnürte sich Leib und Seele ein, legte die Maske an, bediente, diente. Der niedrige Lohn reichte kaum, und sie musste häufig am Essen sparen, da sie neben Miete und Nahrung Geld für Stoffe ausgeben musste, um sich Kleider für die Arbeit zu nähen oder um diese auszubessern; andernfalls würde sie sofort entlassen werden. Häufig kam sie hungrig zur Oper und ihr war schwindelig. Im Verlauf des Abends verstärkte sich meistens ihr Unwohlsein.

Sie bediente auch an diesem Abend all die Sir Fairfaxes, Lady Cunninghams und Mrs Kathrines in routinierter Unterwürfigkeit. Jeder Handgriff lief mechanisch ab – ein Ausdruck ihrer Abhängigkeit. Wenn sie aufschaute, sah sie Augen, Nase, Mund; mehr nicht.

John Browning war auch an diesem Abend wieder in der Royal Albert Hall. Er versuchte, keinen Abend auszulassen. Er mochte Opern- und Theateraufführungen sehr, aber nicht so sehr, dass er jeden Abend hätte kommen müssen. Nein, ihn trieb etwas anderes hierher – es war die Traurigkeit und Melancholie in ihren braunen Augen. Die verborgene Sanftheit, die in ihrer Stimme erklang, wenn sie mehr als nur „Danke" und „Bitte" sagte. Eine Weile schon hatte John Browning sie beobachtet, Abend für Abend. Er war häufig der Erste am Buffet. Er hatte bemerkt, dass sich die Züge ihres hübschen Gesichts veränderten, sobald der erste Gast ans Buffet trat. Die entspannte Traurigkeit um ihre Mundwinkel wich einem steifen Lächeln; kein unsympathisches Lächeln. Eher eines, das er von all den Damen auf den Empfängen seiner Mutter gewohnt war. Die Traurigkeit in ihren Augen jedoch konnte sie nicht überdecken. John Browning bemerkte allerdings, dass dies niemandem auffiel oder niemanden interessierte. Es wurde geplaudert und gelästert, geschwärmt und gekichert, sich gelangweilt, aber so getan, als wären sie köstlich amüsiert.

Er wünschte sich so sehr, mit ihr zu sprechen, nur traute er sich nicht. Ein Gefühl aus Wut und Verzweiflung mischte sich in ihm. Sie schien sich mehr für den Sekt, den Wein und das Wasser zu interessieren. Noch niemals in all den langen Wochen hatte sie eine besondere Regung gezeigt, als er als Erster bei ihr auftauchte. Hätte wenigstens ihr Mundwinkel leicht gezuckt oder ihre Augen einen Funken des Wiedererkennens versprüht! Aber nein. Er hatte seine auffälligsten Anzüge und Fliegen zur Schau gestellt – eine Garderobe, die seine Mutter und Schwester lächerlich und gewagt fanden. Er selbst zwar auch, aber was blieb ihm anderes übrig? Einmal hatte John Browning sogar den Wein, den sie ihm reichte, absichtlich leicht verschüttet, was ihm fürchterlich leidtat, da sie natürlich diejenige war, die das Malheur beheben musste. Es war eine Kurzschlusshandlung, die er bereits beim Ausführen bereu-

te. Er hatte sich tausendmal bei ihr entschuldigt, aber er konnte keine erwünschten Regungen bei ihr hervorrufen. Die Gleichmütigkeit, mit der sie die Situation hinnahm, erschien ihm im Nachhinein, als er sich wieder beruhigt hatte, wie Gleichgültigkeit. Das tat weh. Er hatte sich zwar nicht allzu viel erhofft, aber mit Gleichgültigkeit gestraft zu werden, das war ein derber Schlag ins Gesicht.
Während der Aufführungen hatte er häufig Pläne geschmiedet, wie er sie in der nächsten Pause ansprechen oder ihre Aufmerksamkeit auf sich ziehen könnte. Der Mut jedoch, der Mut, seine Angebetete in einen Flirt zu ziehen, wollte sich nicht einstellen. Seinen Platz im Theater nicht zu belegen, sondern sich im Foyer aufzuhalten, scheiterte an der Tratscherei der Gäste, die solch ein Verhalten in ganz London zum Besten gegeben hätten.

Und da stand sie nun. Zart und schön, gleichgültig und traurig. Und da stand er nun. Gut aussehend, verliebt und traurig. Heute, sagte er sich, heute ist der Tag der Tage. Heute oder nie!
Kurz vor der zweiten Pause hatte er sich aus seiner Loge geschlichen. Jetzt musste er zur Tat schreiten. John Browning bewegte sich mit pochendem Herzen auf sie zu. Er verneigte sich leicht vor ihr.
„Guten Abend."
„Guten Abend, Sir."
Ihre höfliche Gleichgültigkeit brachte seine Stimme zum Krächzen. „Ein Glas Wasser, bitte." Die Röte stieg

ihm ins Gesicht, während sie sich schon dem Wasserglas zuwandte.
„Bitte sehr, Sir."
„Äh, danke, danke."
Sie wollte sich gerade abwenden, da brach es aus ihm heraus: „Hmm, ähm, Entschuldigung, wie, bitte, wären Sie so nett, mir Ihren ... Verzeihung, ich habe mich nicht vorgestellt. Ich bin John Browning. Wären Sie so freundlich, bitte, mir Ihren Namen zu verraten? Bitte."
Ihr Mund öffnete sich leicht, ihre Augen wurden größer, ihre Augenbrauen wanderten nach oben. Stotternd sagte sie: „Ich heiße Helen, Helen Sinclair."

Arnold

Arnold arbeitete die ganze Nacht durch an den Plänen. Völlig erschöpft schleppte er sich um fünf Uhr morgens ins Bett und wurde Schlag sieben von seiner Frau Sonia geweckt. Sie machte ihm einen Kaffee und brachte ihm das Frühstück ins Arbeitszimmer. Sie kümmerte sich seit Tagen sehr gut um sein leibliches Wohl, indem sie ihn bekochte und immer frischen Kaffee brühte. Das ging bis abends um acht, dann sah sie die Nachrichten und danach einen Film. Dabei ließ sie sich von nichts ablenken. Dann ging sie ins Bett und schlief bis um sieben und weckte Arnold. Er hievte sich dann wieder völlig fertig an die Pläne.
Die mussten schließlich fertig werden. Sonia war da sehr fordernd und deutlich. Er hätte sich lieber in Ruhe nach Weihnachten hingesetzt, um es entspannt im nächsten Jahr anzugehen, aber sie bestand darauf, dass sie vorher fertig werden müssten.
Es sei schon Ende Juli! Er als guter Architekt sei doch wohl in der Lage, so etwas nebenbei zu erledigen. Das sei doch wohl ein Klacks! Er wolle doch auch so schnell wie möglich den Anbau haben. Nicht ohne Grund würde es ja auch Wintergarten heißen. Also bitteschön, was wäre dann der Winter ohne Wintergarten? Und ein Ankleidezimmer und der Salon, wie sie ihn nannte, wollten von ihr auch noch eingerichtet werden. Und jetzt seien noch nicht einmal die Pläne fertig. Was er sich denke! Das Bauunternehmen würde bestimmt

nicht bei Schnee und Eis bauen. Also hopp, hopp, ran an die Bouletten!

Er hatte dieses Genörgel irgendwann satt gehabt und beschlossen, neben seiner eigentlichen Arbeit die verdammten Baupläne fertig zu machen.

Nach ein paar Tagen war die Arbeit tatsächlich beendet. War ja nur halb so schlimm. Hat sich zwar eine dicke Erkältung eingefangen und musste mit Fieber das Bett hüten, aber Sonia war zufrieden. Die feinen Mahlzeiten blieben nun allerdings aus. Eine Erkältung sei ja wohl nicht so schlimm. Er solle nicht so jammern.

Als er sich mit glühendem Kopf in die Küche schleppte, um sich wenigstens eine Stulle zu machen, grinsten ihn seine eigentlichen Aufträge hämisch vom Schreibtisch aus an. Die wussten, nach seiner Genesung würde er nun auch für sie Nachtschichten einlegen müssen, und das freute sie. Hatte er sie doch schmählich vernachlässigt in den letzten Tagen.

Als Sonia abends vom Shoppen nach Hause kam, war das Fieber so weit angestiegen, dass Arnold regungslos im Bett lag und nicht einmal reagierte, als sie ins Zimmer trat. Sonia sprach ihn an, aber er zog nur die Augenbrauen hoch.

„Na, dich hat's ja ganz schön erwischt", stellte Sonia fest.

Arnold schaute sie benommen an. „Hunger", stöhnte er.

„Hunger? Hast du etwa nichts gegessen?"

„Nur 'ne Stulle", nuschelte er.

„Na, da kann man ja nicht gesund werden. Okay, ich mach dir was. Sonst glaubst du wieder, ich kümmere mich nicht um dich. Außerdem musst du wieder auf die Beine kommen, sonst klingelt kein Geld in der Kasse." Mit diesen Worten verschwand sie und machte ihm eine Gemüsebrühe.
Gemüsebrühe gab es nun täglich bis zu seiner Genesung, oder besser bis zu seiner fast vollständigen Genesung, denn als Arnold wieder halbwegs auf den Beinen war und am Schreibtisch arbeitete, fühlte Sonia sich nicht mehr verantwortlich. Als leidenschaftliche Köchin konnte man sie nicht gerade bezeichnen, eher als eine sich temporär für sein leibliches Wohl verantwortlich fühlende Mistzicke. Vermutlich hatte sie all ihre kulinarischen Kräfte in die Zeit investiert, in der Arnold an den Plänen saß. Nun auch noch eine Woche lang Gemüsebrühe zu kochen, hatte ihr Gewissen, sich um Arnold zu kümmern, wohl erst einmal beruhigt.
Sonia verbrachte ihre Tage wieder damit, sich mit Freundinnen zu treffen, zum Yoga zu gehen oder in Möbelhäusern nach Einrichtungen für ihren Salon und das Ankleidezimmer zu schauen. Abends nörgelte sie wieder herum. Er hätte ja wenigstens im Wohnzimmer aufräumen können, wenn er schon den ganzen Tag zu Hause gewesen sei, und er hätte endlich Termine mit den Maurern ausmachen können und, und, und. Sonia fand immer etwas, was er nicht erledigt hatte.
Arnold kannte dieses Genörgel nur zu gut von ihr. Immer, wenn sie etwas unbedingt haben oder tun wollte, nörgelte sie. Nörgel, nörgel. Arnold konnte sich nicht

daran erinnern, wann dieses Genörgel angefangen hatte. Vor fünf Jahren, nachdem sie die Fehlgeburt hatte? Oder war es schon davor? Wohl davor, als sie nur noch von Kindern sprach und rumjammerte, sie wolle nicht mehr warten; bis er endlich einwilligte, es zu probieren. Kaum dass sie schwanger war, kündigte sie ihren Job, sie wollte sich auf das Baby vorbereiten und sich auf das Leben als Mutter einstellen, nicht mehr arbeiten gehen und voll und ganz für die zukünftigen Kinder da sein. Nach der Fehlgeburt und weiteren Versuchen hatten sie es irgendwann aufgegeben.

Allerdings fiel ihm ein, dass sie auch schon davor schnell gejammert hatte, wenn sie etwas wollte. Damals war es jedoch noch etwas süßer und lieber, jetzt würde er wohl sagen schleimiger. Heute forderte sie. Selbst wenn es Kompensation oder Strafe war dafür, dass sie keine Kinder hatten, er war der Leidtragende. Seine Freunde und sogar seine Eltern hatten ihm geraten, mit ihr zu einer Therapie zu gehen, aber das lehnte sie strikt ab.

Sich einfach so von ihr zu trennen, war ihm zu billig. Er hatte da andere Pläne, denn er hatte die Nase gestrichen voll. Er beschloss, sie ein wenig zappeln zu lassen, was den Anbau anging. Er ließ sie weiter jammern und nörgeln. Erzählte ihr, dass sich alles hinauszögerte, weil das Bauunternehmen randvoll mit Terminen sei. Sonia war sauer und meckerte ihn an, daran sei *er* natürlich schuld, weil er die Pläne erst so spät gezeichnet hätte. Mecker, mecker. Allmählich freute er sich über ihr Meckern und Nörgeln, unterstützten sie ihn doch in seinem Entschluss.

Er arbeitete zielstrebig in den nächsten Monaten darauf hin. Zu Weihnachten war er fertig und überreichte ihr ein großes Kuvert, auf dem stand: Ein Freibrief zum letzten Mal Nörgeln.

„Wie jetzt?", fragte Sonia ihn und schaute genervt drein.

„Mach ihn auf, dann wirst du schon verstehen, was ich meine."

Das Entsetzen war ihr ins Gesicht geschrieben, als sie den Brief las. Da stand, Arnold habe das Haus verkauft, es war schließlich seins. Und er wolle die Scheidung. Außerdem habe er eine Freundin. Lisa. Ja genau, die Lisa vom Badminton, auf die sie immer so eifersüchtig gewesen sei. Lisa sei außerdem schwanger. So, jetzt könne sie zum letzten Mal mit ihm meckern und nörgeln.

Sonia fiel die Kinnlade runter.

Muckibude

Eigentlich war Jens nicht der Typ, der in Muckibuden ging – er war Jogger und Golfer. Beim Joggen im Schlosspark kam er richtig ins Schwitzen und beim Golfen bekam er den Kopf frei. Aber seit einigen Wochen ging er ins Fitnessstudio. Sogar ziemlich häufig, denn er hatte in Erfahrung gebracht, dass Verena dort trainierte. Verena war seine Kollegin, und in sie hatte er sich verguckt. Noch nicht so sehr, dass man sagen könnte, er sei verliebt, aber er war hingerissen von ihrer Art zu lachen, davon, wie sie sich in Gedanken durch das kurze, dunkle Haar fuhr und die Lippen aufwarf, wenn ihr jemand etwas erzählte, das ihr nicht gefiel. Beim Lachen grunzte sie manchmal, was Kollegen zum Schmunzeln und manche Schüler zum Lachen brachte.
Im Lehrerzimmer traf Jens sie nicht so häufig, wie er wollte. Als er in Erfahrung gebracht hatte, dass sie nicht liiert war und in das besagte Fitnessstudio ging, meldete er sich dort an. Verena wusste sicher nicht, dass Jens wusste, dass sie dort Mitglied war, so konnte er es wie einen Zufall aussehen lassen.
In der ersten Woche ging er jeden Abend zu McFit, um herauszufinden, ob sie dort regelmäßige Termine hatte; dafür ließ er seine Jogging- und Golftermine sausen, was nichts machte, da er stattdessen auf dem Laufband schwitzte. Aber Verena erschien nicht. Also lief Jens die nächste Woche wieder jeden Tag auf,

diesmal direkt nach der Schule. Von Verena keine Spur. Die Woche darauf versuchte er es methodisch. Montag und Mittwoch nach der Schule, an den anderen Tagen abends. Vergeblich. An der Rezeption konnte man Jens natürlich keine Auskunft über Mitglieder erteilen, aber Svenja, eine der Trainerinnen, meinte, eigentlich hätte er sie schon öfter treffen müssen.

Die nächste Woche ging er Montag und Mittwoch abends, Dienstag, Donnerstag und Freitag nachmittags und am Wochenende vormittags. Er hielt sich mehrere Stunden dort auf, joggte, stemmte und machte drei Saunagänge. VERGEBLICH!

In der Schule suchte Jens ihre Nähe, aber bei diesem großen Kollegium mit mehreren Lehrerzimmern und zwei Gebäuden trafen sie sich nur selten. Die Unterhaltungen kreisten hauptsächlich um Schüler, Unterricht, Konferenzen. Jens traute sich nicht, ein persönliches Gespräch in Gang zu setzen, obwohl sie sich gerne mit ihm zu unterhalten schien. Deswegen marschierte er weiter methodisch zur Muckibude, ertrug tapfer die Schmerzen in Beinen und Armen, die Schwielen an den Händen und unterdrückte seine Sehnsucht nach frischer Luft.

Als Verena am Sonntagnachmittag bei McFit auftauchte, steckte ihr Svenja: „Da hat letztens so'n gut aussehender Blonder nach dir gefragt. Der kommt seit Wochen ständig hierher."
Verena guckte verdutzt.

„Eigentlich dürfte ich es dir ja nicht sagen, aber er fängt mit ‚J' an und hört mit ‚s' auf. Dazwischen sind noch ‚e' und ‚n'."
Verena konnte das Strahlen auf ihrem Gesicht nicht verbergen.
„Oh, du magst den wohl, was?"
„Och, is' nur 'n Kollege von mir."
„So, so, nur 'n Kollege. Wo warst du eigentlich die letzten Wochen?"
„Och, ich war ständig im Schlosspark joggen und hab meine Platzreife fürs Golfen gemacht", lachte und grunzte Verena.

Hendrik

Hendrik ging zum Meer hinunter. Er wollte sich am Strand entspannen, die Abendsonne auf seiner Haut spüren, die Füße ins Wasser halten und seine Sorgen vom Wind wegpusten lassen. Er zog die Schuhe aus, band sie zusammen und baumelte sie sich um den Hals. Der Sand unter seinen Füßen und die Meeresluft zauberten ein Lächeln auf sein Gesicht, das für den Rest des Tages nicht gänzlich verfliegen sollte.
Mit den Füßen planschte Hendrik ein wenig im Wasser und genoss das kühle Nass. Kurz zuvor hatte Ähnliches schon jemand hier getan, denn aus dem Meer heraus führten Fußabdrücke auf den festen Sand. Dort hatte derjenige sich im Kreis gedreht und war dann weitergelaufen. Hendrik ging den Spuren hinterher.
Welch kleine, zarte Füße! Vielleicht war es ein Kind? Aber ein Kind würde nicht schnurstracks geradeaus gehen und schon gar nicht alleine. Nein, es musste eine Frau sein – eine kleine, grazile Elfe, die allein spazieren ging. Er amüsierte sich über den langen großen Zeh, der sich deutlich abzeichnete. Hendrik drückte seinen rechten Fuß daneben. Sie konnte kaum mehr als Größe 36 haben, schätzte er. Wie sexy! Er liebte Frauen mit kleinen Füßen. Mit beiden Händen konnte er solch einen Fuß umfassen und wärmen – Frauen hatten ja immer kalte Füße.
Er folgte den Spuren den Strand entlang. Vielleicht war sie Italienerin, die hatten oft kleine Füße, meinte er

gehört zu haben. Eine rassige Italienerin also, die sich an unsere raue Nordsee verirrt hatte. Sie trug bestimmt einen kurzen Rock, der ihre hübschen Beine umspielte und im Wind noch mehr preisgab, als ihr lieb war. Lange schwarze Haare fielen über ihre gebräunten Schultern und schlanken Arme. Ihr wippender Gang war anmutig und als sie den Kopf nach hinten warf, lächelte sie die Sonne an. Sie schaute über das Meer und er konnte ihre wohlgeformten Brüste in einem engen Top bewundern. Wohlig lief es ihm den Rücken hinunter. Ihr Profil ließ ein schmales Gesicht mit großen braunen Augen, vollen Lippen, zarten Augenbrauen und einer markanten Nase erkennen – passend zu ihrem großen Zeh, stellte er schmunzelnd fest. Ihm war, als könnte er ihren Duft wahrnehmen und nach ihr greifen.

Oh, hier hatte sie sich wieder gedreht, dann war sie ein paar Meter gehüpft. Hendrik tat es ihr nach und spürte ihre Lebensfreude. Weiter trugen ihn ihre Füße den Strand entlang. Er überlegte, ob er sie zu einem Eis, oder besser, zu einem Glas Wein einladen sollte. Ein romantischer Sonnenuntergang, ein Kuss …

Plötzlich waren ihre Fußspuren nicht mehr zu sehen, sie verliefen sich im weichen Sand. Er schaute sich um. Es waren kaum mehr Leute am Strand. Nirgendwo war eine italienische Elfe in Sicht. Der Leuchtturm – natürlich, sie war zum Leuchtturm gegangen. Auf der Aussichtsplattform waren tatsächlich ein paar Menschen zu erkennen. Er hoffte, sie würde noch da sein. Wenn ja, würde er sie erkennen, da war er sich sicher.

In den Dünen zog Hendrik sich seine Schuhe an und lief zum Leuchtturm. Eilig sprang er die ersten Stufen hinauf. Dann hielt er plötzlich inne. Was aber, wenn …? Was, wenn sie gar nicht dort oben war? Was, wenn sie alt oder hässlich oder gar dumm war? Was, wenn …?
Hendrik drehte sich langsam um und lachte auf. Er wollte seinen Traum nicht zerplatzen lassen. Ohne Reue ging er, teilweise hüpfend oder sich drehend, durch die Dünen nach Hause zurück. Ach, was für ein schöner Strandspaziergang dies heute war!

Oben auf der Plattform stand eine kleine Frau, die durch ein Fernglas die Gegend betrachtete. Als sie einen hüpfenden jungen Mann erspähte, hielt sie inne und musste lächeln. Sie fand, dass er sehr glücklich aussah und obendrein noch attraktiv. Sie beschloss, ihm zu folgen.

Eros-Teller

Anna aß sich die Speisekarte herauf und hinunter und wieder herauf und hinunter: Souflaki, Bifteki, Moussaka. Oh ja, den Athen-Teller auch noch. Saftige Koteletts, würziges, zartes Gyros, cremiges Zaziki, knusprige Kartoffelecken. Das Wasser lief ihr im Mund zusammen, ihr Magen knurrte immer stärker. Der Duft von gebratenem Fleisch, Oregano, Basilikum und Zimt strömte durch den Raum, entfaltete sich in ihrer Nase und löste eine kleine Explosion in ihrem Kopf aus. Betört von den Gerüchen wuchs ihr Appetit und sie rutschte unruhig auf ihrem Stuhl hin und her.
Die Unterhaltung am Nebentisch war abgelöst worden von Essgeräuschen. Gelegentlich schaute man sich kauend an, nickte zufrieden, lächelte, schob den nächsten Bissen nach. Zeus-Teller, Bifteki, Moussaka ...
Okay, Salat. Griechischer Bauernsalat mit Schafskäse. Hört sich nicht schlecht an. Eros-Teller. Salat. Athen-Teller. Fleisch. Salat. Fleisch. Salat. Fleisch.
„Anna?"
„Ja."
„Hast du dich entschieden? Wir haben Hunger."
„Mmh. Ja."
Nikos, der hübsche Ober, kam auf Klaras Geheiß hin herbei, stellte sich mit gezücktem Block und Stift neben Anna. Sein enges Hemd war leicht geöffnet und er ließ seine muskulösen Oberarme zucken. Fleisch, Fleisch, überall Fleisch.

„Ἐντάξει[1]. Was kann ich Ihnen bringen?"

„Ich hätte gerne den Aphrodite-Teller", bestellte Klara mit gekonntem Augenaufschlag.

„Ich nehme Moussaka mit Kartoffelecken", sagte Eva.

„Ich bekomme den griechischen Bauernsalat", fügte Anna seufzend hinzu.

„Moment mal, machst du noch Diät für diesen Kerl?", wollte Klara wissen.

„Na ja, irgendwie schon", murmelte Anna.

Nikos schaute Anna lächelnd an. „Sie müssen essen, so eine schöne Frau wie Sie braucht Fleisch." Schmunzelnd fügte er hinzu: „Zartes Fleisch. Das gibt Ihnen Kraft für die Liebe."

„Pah, Liebe, wenn es mal Liebe wäre!", rief Klara aus. „Ach, was weißt du schon?"

„Jedenfalls weiß ich, dass dir der Kerl nicht guttut."

„Klara hat recht. Hör auf mit dieser albernen Diät, du fällst noch vom Fleisch", pflichtete Eva bei.

Nikos war noch näher an den Tisch getreten, und Anna schob schnell den Gedanken an Sixpacks, saftige Lenden und zarte Rippchen beiseite. „Griechischer Bauernsalat mit einer Extraportion Schafskäse", sagte sie entschlossen.

„Oh, wie gewagt", raunte Klara.

„Ἐντάξει, wie Sie wollen, aber Sie wissen, was Sie verpassen", meinte Nikos mit einem Augenzwinkern und ließ nochmals seine Oberarmmuskeln spielen.

---

[1] In Ordnung.

Er riecht lecker. Würzig, männlich, frisch, Fleisch. Frischfleisch. Lecker. Alles riecht so lecker.
Frustriert klappte Anna die Speisekarte zu und zog unbewusst ihre Mundwinkel nach unten. Nikos schaute sie mit seinen großen braunen Rehaugen mitfühlend an, nahm die Karte und meinte leise: „Er passt nicht zu Ihnen, γλύκα[2]", und ging.
Annas Freundinnen schüttelten die Köpfe. „Nikos hat recht, Anna, und das weißt du auch", meinte Eva sanft.
„Er kommt nach seinem Geschäftsessen noch hierher. Ich habe jetzt keine Lust auf Diskussionen", teilte Anna ihren Freundinnen mit.
Nikos brachte nach kurzer Zeit das Essen und stellte es schwungvoll auf den Tisch. Annas Salatschale befand sich auf einem Teller, dessen Rand mit mehreren kleinen Herzen aus Oregano bestreut war. Anna lächelte, ihre Freundinnen kicherten und Nikos flog ein Hauch Rot in die Wangen. „Καλή όρεξη[3]", wünschte er schnell und drehte sich zum Nebentisch um.
Hungrig stürzte Anna sich auf ihren Salat, aber verfolgte jeden Bissen ihrer Freundinnen. Würzige Kartoffelecke mit etwas Rosmarin. Sie konnte fast schmecken, wie der frische Rosmarin sich auf Evas Zunge ausbreitete und ihre Knospen streichelte. Einen Happen saftiges Fleisch dazu, fast eine Vergewaltigung der Sinne. Kartoffel, Rosmarin, Fleisch, Salz, Olivenöl. Schnell ein Salatblatt in den Mund, aber Vorsicht, der nächste Bis-

---

[2] Meine Liebe/Meine Süße.
[3] Guten Appetit.

sen von Klara – Gyrosfleisch mit Zaziki. Oh Gott, Knoblauch, frischer Pfeffer und da – Kartoffel, Olive und Fleisch auf einer Gabel. Empörend! Zur Beruhigung noch ein wenig Reis hinterher. Anna stopfte sich warmes Brot in den Mund. Fleisch, ich will Fleisch. Ich will etwas Würziges, Leckeres, Saftiges, vor Öl Triefendes. Ich halte das nicht mehr aus!

„Hallo, die Damen. Das sieht aber gut aus." Er setzte sich neben Anna, sein Hemd spannte etwas und ließ einen Bauchansatz erkennen. „Du haust aber rein, Anna. Pass bloß auf, griechisches Brot setzt ganz schön an."

Bass erstaunt hörten alle drei Frauen auf zu kauen und schauten sich naserümpfend an. Demonstrativ schob Anna noch ein Stück nach.

„Sag mal, gefalle ich dir eigentlich noch oder findest du mich tatsächlich zu dick?"

„Na ja, an den Hüften musst du abnehmen, aber das weißt du doch."

„Und zu doof findest du mich doch auch, oder?"

„Nö, aber manchmal bist du einfach zu langsam. So am Rechner oder so. Das nervt."

„Liebst du mich eigentlich?"

„Immer diese blöden Fragen."

„Weißt du was? Mir reicht es jetzt. Ich finde dich auch dick und doof. Ich will dich nicht mehr. Ich will keine Diät mehr machen, und ich will dein Genörgel nicht mehr. Es reicht. Ich will, dass du verschwindest. Verschwinde. Verschwinde aus meinem Leben."

Er lachte auf. „Das meinst du doch nicht ernst."

„Doch, das meine ich sehr ernst. Verschwinde aus meinem Leben."

Sein Erstaunen wich nach weiteren deftigen und deutlichen Erklärungen der Gewissheit, dass Anna ihm den Laufpass erteilt hatte. Als er endlich aufstand, zischte er nur: „Das wirst du noch bereuen."

„Ganz gewiss nicht."

Fluchend zog er von dannen.

„Bravo, bravo, Anna", rief Klara begeistert aus. Eva klatschte in die Hände. Anna atmete tief durch und lachte befreit auf. „Ich komme gleich wieder", sagte sie und stand auf.

„Nikos, ich möchte einen Eros-Teller bestellen, παρακαλώ[4]", sagte sie mit einem breiten Lächeln auf den Lippen.

„Oh, wie schön. Vielleicht mit einer Extraportion Eros?", fragte er hoffnungsvoll.

„Ναί, παρακαλώ[5]."

---

[4] Bitte.
[5] Ja, bitte.

Danksagung

Für ihre liebe Unterstützung und Rückmeldung bedanke ich mich bei meiner Mamski Bridger Siegemund. Für seine außerordentliche Fürsorge danke ich Lord Dorian. Außerdem danke ich meiner Tante Inge Philipp für ihre Unterstützung. Liane Hadjeres danke ich für die vielen Anregungen und Rückmeldungen und dafür, dass sie die Erste war, die mich veröffentlicht hat. Weiterhin danke ich meiner privaten Lektorin und, wie immer, wunderbaren Ratgeberin und Freundin Elke Heise. Außerdem bedanke ich mich besonders bei meinem Dad Bernd Siegemund dafür, dass er die Rollen des Fans, Kritikers, Ratgebers und großartigen Dads so toll vereint. Am meisten danke ich natürlich von ganzem Herzen Bernd Bolduan, meinem perfekten, wundervollen Ehemann, für alles ...

Das Buch entstand mit freundlicher Unterstützung von:

Reisebüro Bruns GmbH, Rastede
Apotheke Wahnbek, Rastede
HIRO-Automarkt GmbH, Oldenburg
Best Practice Institute GmbH, Wiesbaden